いつか、君がいなくなっても
また桜降る七月に

八谷紬

STARTS
スターツ出版株式会社

「あの記録がなかったら、ここにいなかった」

重ねた手につたわるぬくもりを、忘れてはならないと思うことがつらかった。

いつか、いやすぐに失ってしまうことに、恐れも抱いていた。

それでも。

「……うん」

「ここに来てなかったら、華にも会えなかった」

自分のこころに嘘はつけない。

ほんとうは、声に出して、叫んで、すべてぶちまけてしまいたい。

だけど、それだけは絶対にできないから。

指先で、その手を、その温度を確かめる。

あと何度、その笑顔を見れるだろう。

できれば、ずっと、笑顔でいてもらいたい。

ずっと、ずっと。

目次

いつか、君がいなくなってもまた桜降る七月に

五月尽《ごがつじん》流るる風と君を知る

どさり、とも、どすん、とも違うその音に、私は驚いて顔を上げた。

目の前の、桜の木の下。人が落ちていた。腰を打ったのか、足を投げ出したまま
「またか……」とこぼしている。

そうして彼は、ゆっくりとこちらを見て、はにかんだ。照れたように、何事もないふりのように。木の根元に咲く花をスケッチしていた私と、視線が合う。

鳶色《とびいろ》の瞳をした、うつくしい青年だった。

ふたりの間を、桜の葉がひらひらと舞い落ちる。

なぜかその光景が、その顔がひどくなつかしいような気がして、刹那、胸がぎゅうっと締めつけられる。

彼はそのままの体勢で、ひとさし指を口にあてた。内緒にしてくれ、ということなのだろう。

だってここは、植物園なのだから。

ほかに誰か見てやしないかと首を動かすも、時期が終わったせいかこの広い桜林には私と彼しか見当たらなかった。

想像だにしていなかったことに呆気にとられてしまったが、落ちてきたということは、木に登っていたということだ。植物園で。桜の木に。しかも見た感じ年も私と変わらない、高校生か大学生ぐらいだろう。木登りなんかするか？

いや、というかほんとうに木の上にいたのだろうか。

思わず木々を見上げてしまう。すでに花は散り葉桜になっているとはいえ、ここにひとがいて気づかないものだろうか。そんなに私は周りが見えていないのか。

かといってじゃあどこから落ちてきた。ここは桜林のなか。樹木以外に背の高いものはない。

となるとやっぱり彼は植物園の木に登っていたわけで、まあなんというか、モラルに欠けているということになる。たぶん。

「驚かせてすみません」

ふたたび目が合うと、彼はにっこりと笑ってそう言った。よく通る、涼やかな声。

頭上の、風が吹いてさわさわと鳴る葉ずれの音によくあっていた。

彼はようやく立ち上がって、腰回りについていた土埃や葉を払う。白いシャツには草の色がついていた。

背がずいぶんと高く、手足が細長かった。それでいて頭はちいさく、背筋がしゃんと伸びている。ぐるっとあたりを見回すさまも、落ち着いていてうつくしい。

ところが彼は自分の足下を見た途端「うわー……」と眉を八の字にしてかなしみをこぼした。

そこにはシロツメクサが広がっていた。しかし彼が落ちてきたことによって、花もクローバーも倒れてしまっている。

「ごめんね。でも踏まれてもめげないのが君たちだ」

しゃがんで草花を愛でるその姿は、どこかとても幼く見え、整った顔立ちとのちぐはぐさがあった。

シロツメクサはいわゆる雑草だ。かわいらしい花をつけるものの、生命力はすさまじく、踏まれることにも慣れている部類だと思う。

その雑草に、彼は謝っていた。木には登っていたくせに。

「もしかして、描いてました？」

申し訳なさそうな表情のまま、彼がこちらを向いた。その視線が私の手もとにあるスケッチブックに注がれている。

「あ、いや。私は……」

言いかけてよどむ。

私が描いていたのはニワゼキショウだ。シロツメクサではない。だから問題はないのだけれど、その名を言ったところで伝わる気がしなかった。

ニワゼキショウもシロツメクサと同じく雑草と呼ばれる花だ。赤紫の花は小さくかわいらしいが、植物園に咲いたとて名札はつけてもらえない。そのうえシロツメクサほどメジャーでもない。

「ならよかったです」

そう言いながら彼はほほえみ「いや、よくないけれど」と細い指先で白い花をしずかに撫でた。倒れた花が起きあがるわけではない。でもやわらかいそのしぐさに彼の気持ちが見てとれる。

彼の姿は景色の一部だった。

つい今しがた落ちてきたときは異質以外のなにものでもなかったのに、今ではその風景に溶け込んでしまっている。

「さてと」

彼はひとしきり草花を愛でたあと、立ち上がった。

「出口はどこでしょうか」

彼の問いかけに、私は座ったまま「あっちです」と指でしめした。

府立植物園は広い。しかも出入り口となる門が複数あるので聞かれることはめずらしくなかった。ここからなら私の背中方向にまっすぐ行けば正門がすぐ見えてくるだろう。

「ありがとう。助かりました」

私の指の先の道を確認して、彼はにっこりと笑った。

その屈託のない笑顔に、私の胸がふたたびぎゅうっと締めつけられる。

いや、ときめいたとか、よしんば一目惚れとかそういうのじゃない。そういうせつなさとはまた別の、なにか。

わからなくてもどかしい。でもそう、しいて言うならやっぱり懐かしさかもしれない。ひさしぶり、また会えたね、と言いたくなるような。

初対面の人間に覚えるものではないだろう。彼のことは知らない。植物園で見かけたこともたぶんないと思う。

でもいちばん近いのはそれだ。遠く深くにしまっていた淡い感情のようななにか。

彼がゆったりとした足取りで私の横にある道を通り過ぎてゆく。うっすらと、ジャスミンに似た花の香りがただよった。

曖昧な気持ちとその香りだけがその場に残される。

なんだったのだろう、と座ったまま空を仰いだ。真っ白な雲が流れていく空が、いやに青い。

しかし答えが出てくるわけもない。とにかく彼とは会ったことはないし、それにまた会うことだってないだろう。だから気にしなくていい。

鳶が高い声で鳴いて空を旋回していった。

スケッチブックに視線を落とす。まだ描きかけだ。でも続きを描く気力は消え失せていた。

まあいい。ニワゼキショウはしばらく咲き続けるし、梅雨前に植物園に来れる日はまたある。

私はそっとスケッチブックを閉じて、脚を伸ばすように立ち上がった。

「未知との遭遇ってやつだね」

帰宅すると兄の玄《げん》がリビングのソファに寝転がっていた。何気なくその話をしたところ、返ってきたことばがこれだ。

「なにそれ」

冷蔵庫から麦茶を出してグラスにそそぐ。まだ五月の末なのに、自転車をこげば汗だくになってしまう。

「知らない？　昔のＳＦ映画」

「見たことない」

「そうか。まああれだよ、宇宙人が地球にやってくる話」

「え、宇宙人だって言うわけ」

麦茶を飲み干しながら冷ややかな目というやつで兄を見つめると「違う違う」と起きあがった。どうやら本を読んでいたらしく、文庫本に丁寧にしおりを挟んでいる。

「自分とはちょっと違うものと出会うって、わくわくするしなにか始まる気がするでしょう？」

そう言いながらこちらを見る兄の顔は、どこか木登り青年と似ている気がした。兄がかっこいいわけじゃない。そこじゃなくて雰囲気というか、空気というか。ぼんやりしたもっと大枠のなにかが近い。

「いや、別に」

「えー、華《はな》ってばドライだなあ。空から人が降ってくるんだよ？」

「いや木だし」

「これが物語の世界なら、キャッチしてふたりの冒険が始まるところなのに」

「いやキャッチできないしっていうかさっきからたとえが古いし」

「古くてもいいものはいい」

「それはそうだけど……ってなんの話してんだか……」

兄との会話にため息をついてしまう。兄のほうはにこにこしていた。だいたいいつもそうだ。大学生の兄のほうが私よりよほど幼い。

そこでなるほど、と気づく。見た目に反して幼い雰囲気を持っているあたりが、あの木登り青年と似ているのかもしれない。

シロツメクサを撫でていた指先が、頭の中に浮かぶ。

「名前は聞かなかったの？」

「は？　まさか」

兄の馬鹿げた質問に我に返る。

たった数分、同じ場所にいたというだけでどうして名前を聞くものか。まして彼は植物園の木に登っていたのだ。

「じゃあ再会するね、これは」

「するわけないでしょ」

私はばっさり切り捨てたつもりだったけれど、兄には通用しなかった。「しなきゃ話が始まらないんだから」とかなんとか言いながら、ふたたびソファに寝転がる。

ひとの人生を小説かなにかだと思っているのか。

ため息がでる。棚に入っていたクッキーをつかんでリビングを去る私に、兄が後ろから声をかけてきた。

「また会ったら、それはもう運命だよ」

なにかを投げつけてやりたい気分だったが、手にしているのがクッキーとスケッチ道具一式だったのでその気持ちをぐっと抑え、ひと睨みしてから私は自分の部屋へと向かった。

＊

雨が傘を叩いていた。

空は薄暗く、私はひとり家へと歩いている。大通りでないせいか、車もまばらだ。

ふと、濁っているのに甲高い音が後ろから聞こえてきた。

それが車のブレーキ音だと気づくのと、私が振り返ったのはほぼ同時。

誰かの叫び声が聞こえる。

車はまっすぐ私のほうへやってくる。

危険を察知したときには、もう遅い。身体に鈍い衝撃が走る。

青い傘が空に飛んでゆく。

痛みはなかった。

代わりに「明日の部活、どうしよう」という思いだけが、頭の中を占めていった。

ぱっと開けた視界にあったのは、自分の部屋の天井だった。ゆっくりと起き上がる。

背中がじっとり濡れていた。いや背中だけでなく、全身が汗でぐっしょりとしている。

心臓が痛いぐらいに激しく脈を打っている。だいじょうぶ、これは夢だと自分に言い聞かせる。

大丈夫、大丈夫、大丈夫。

大きく息を吐いてようやく、落ち着きを取り戻す。

もう二ヶ月も前のことだ。そのうえたいした怪我もしていない。頭も打たなかったし、打ち身とすり傷と捻挫ですんでいる。身体が丈夫でよかったとつくづく思う。

なのにときどき、事故の夢を見る。

そりゃあしばらくは車も怖かったし、あの道も怖かった。

でも、もう平気だ。

スマホを見ると、朝の五時。さすがにまだ早いけれど、二度寝する気にもなれなかった。ベッドから出て、適当なジャージに着替える。

〝みんな〟は、怪我を乗り越えて競技に戻ってくる〝私〟を望んだ。

それがもうとにかくうざくてうざくて、私は四年間やっていた陸上——走り高跳びをやめた。

でも〝みんな〟はそんな私に幻滅した、んだと思う。諦めた私は情けないんだと。

励ましてくれたことには感謝している。でも口々に「大丈夫だよ」「乗り越えられるよ」「がんばって」と言われるのは、いい気持ちがしなかった。

走るのは好きだ。今はもう跳ぶ機会がないけれど、跳ぶことも嫌になったわけじゃない。もちろん観戦するのだって好きだ。

でもあのときの〝みんな〟は私を応援していたわけじゃない。〝私〟ががんばるストーリーを応援していた。求めていた。

それに気づいた途端、続ける意志がなくなった。反発したわけじゃない。だけど思ったんだ。

人のために跳ぶなら、つまんないな、って。

誰かの感動のために、私は生きてるわけじゃない。

鏡の前に立つ。寝癖はさほどなかった。顔を洗わずに外に出るのはさすがに気持ち悪いから、さらっとだけでも洗顔してから行こうと、あくびをかみ殺しつつ階段を下りる。

身だしなみを整えて洗面所を出ると、母はすでにキッチンに立っていた。私と父のお弁当を作っているのだろう。ごはんの炊けるにおいが、廊下にまで漂ってきていた。

「ちょっと走ってくる」

そう声をかけると、母は「気をつけてね」と声だけ返してくれた。

今だって、走るのは好きだ。とくに朝方か夕方の風が気持ちいい時間帯を、自分のペースで走るのはたのしい。

玄関を出ると、すでに日は出ていた。軽くストレッチをしてから、私は家の前の坂を下りはじめる。

夏はすぐ来る、でも朝はまだ涼しくて気持ちがよい。

それにもう、どこも痛くない。

だから平気だ。

夢のことなんて全部忘れてしまえ、と私は風を切る。

早起きしたはずなのに、始業のチャイムぎりぎりになってしまうのは、幼なじみの愁平《しゅうへい》のせいだった。

「だから、なんで私に張り合うのよ」

「張り合ってくるのは華のほうだろ」

教室に慌てて入ってきた私たちを、親友の夏乃《なつの》が呆れたように笑って迎えてくれる。

「なに、また走ってたの？」

二年になってこれで何度目？と言う夏乃の目はあきらかに冷めていた。もともとクールビューティーな夏乃の冷たい視線は何度浴びてもずっと背筋が伸びてしまう。

「いや、華がむきになるから」

「は？　あとから来て競争しようぜって言ったのはそっちでしょう」

「だからって普通、時間ぎりぎりまで走るか？」

「学校の支度があるのに粘ったのは愁平だから」

「俺は五分もあれば準備できる」

「シャワーぐらい浴びなさいよ」

「浴びて五分だ」

「嘘つけ、出てきたの私より遅かったくせに」

「おにぎりくわえながら出てきた華に言われたくないな」

「はいはい。お互いさまってやつね」

三人がほぼ同時にため息をついて、笑いあった。

ふと私の隣に机と椅子があることに気づく。

「あれ、なんで」

「さあ。私が来たときにはすでにあったわよ」

窓側の後ろ。ここは常に机ひとつぶん空いていた。いちばんいい席なのに、とひとつ右隣の私はうらやましく思っていた。外が見えて、ぽかぽかして、風も入ってきて気持ちいい……まあ夏は暑いし冬は底冷えして嫌だろうけれど。でも、はしっこというかすみっこは好きだ。

「留学生でも来るんじゃないのか」

「いきなり？　そういうのって前もって連絡あるんじゃないの、知らんけど」

「まだ転校生のほうが可能性ありそうだわ」

夏乃がそう言うと同時にチャイムが鳴り、担任の小沢《おざわ》先生がすぐに教室に入ってきた。四十を過ぎたらしいこの男性教師は、いつもキザったらしく歩いて教壇に立つ。

表情も然り、発言も然り。ただ結構やさしいので生徒からは慕われていた。まあナメられている……のかもしれないけれど。

そんな小沢（影ではみんなにそう呼ばれている）が「ほら座りなさい」なんて言っても席についたみんなが静まらないのは、そのあとにもう一人続いたからだった。

その姿に、私は目を疑う。

「ほら、みんな静かに。今日からこのクラスに転入してきた朝比奈芽吹《あさひなめぶき》君です」

静かに、なんて小沢の声はもちろん効果がなく、とくにクラスの女子たちは色めきだっていた。

「朝比奈芽吹です」

うながされた転校生がよく通る涼やかな声で名乗った。

あさひなめぶき。

昨日、桜の木から落ちてきた、あのひとだった。

落ちて、はにかんで、シロツメクサに謝っていたあのひと。

彼の指先が思い起こされる。

兄の台詞が、頭のなかに響く。

まさかの展開すぎて、私の頭はむしろスローに動いていた。

やわらかくほほえんで、転校生はもう一度口を開いていく。

「七月に咲く桜を探しています」

その瞬間、浮き足だっていたクラスの空気がすっと止まった。

はしゃいだように甲高い声を出していた女子数人も、口を開けたまま顔を見合わせている。教室のどこからか「なに？」「どういうこと？」みたいな小声が聞こえてきた。

七月に咲く桜。

七月は、夏だ。

桜は、春だ。

いや十月桜は聞いたことがあるけれど、夏に咲く桜は聞いたことがない。

でも彼は、それを探していると言った。たぶん。

「変なひとね」

右隣の夏乃がつぶやいた。おおいに同意する。

しかし転校生はクラスの空気が激変したことを気にする様子もなく「よろしくお願いします」と丁寧に頭を下げた。

「はい、みんな声をかけるのは休み時間にしてね。そうしたら朝比奈君の席は、窓際のいちばん後ろ……水嶋《みずしま》さんの隣ね」

小沢のことばにこのための机と椅子か、と左隣を見る。

再会したというか転校してきただけでも驚きなのに、まさかの席が隣。にやつく兄の顔が想像できてげんなりする。

「華、眉間にしわが寄ってる」

転校生がこちらに歩き出したのと同時に、夏乃にそう言われてはっとした。

朝比奈芽吹。その名の彼がモデル然としたウォーキングでやってくる。

間違いなく、あの桜の木から落ちてきた青年だった。

目が合う。一瞬だったけれど、彼の両眉がくっと上がった。ぱちぱちと瞬いたその瞳にあるのは、驚きというよりもしまったという色だろうか。

そのことに、なぜかちょっとだけ胸が縮むような気がした。

それでも無視するのもなんだったので、目礼だけしておく。彼もかすかに口角を上げる。

私たちの様子を見て、夏乃がなにか言いたげな様子を見せていたけれど、小沢が出席確認をし出したのでなにも言わなかった。

私の左隣。窓際のいちばん後ろの席。

そこに彼が座った。

さりげなく、確認してしまう。だって二度と会うことはないだろうと思っていたのだ。

彼の向こう側には澄んだ青空が広がっていた。真っ白なわた雲が浮かんでいる。窓枠がフレームになって、その前に彼が座っている。

きれいだった。月並みなことばだけど、まさにきれいそのもの。風景に溶け込んだというより、彼を含めて絵画のようだった。顔の造作が整っているからとか、手足が長いからとかだけじゃない。彼がはらむ空気感、雰囲気が自然と不自然のちょうど曖昧な境界線上にあるような気がした。

私が見ていることに気づいたのだろう。横目でこちらを見た彼が、私の机にぽん、となにかを放ってくる。ちょうど真ん中に着地したそれは、折り畳まれたちいさな紙だった。

『昨日のことは内緒にしておいてください』

広げてみると、それだけ書いてある。

とても、うつくしい字だった。癖はあるけど読みやすいし、それがかえってさまになっている。紙も丁寧に折られているのがわかった。

昨日のこと、というのは桜の木から落ちてきたことだろうか。それともあそこで会ったこと自体だろうか。

七月に咲く桜を探してる、なんてみんなの前で堂々と言えるのにそれは恥ずかしいんだろうか。

ふたたび彼に目線をやると、緩やかにほほえまれる。そしてひとさし指がしずかにその口許《くちもと》に添えられる。

私は視線を黒板へと戻した。手の中の小さな紙切れは、そっとペンケースのなかにしまう。

まさかこんなことになるとは微塵も思っていなかった。あの兄の言ったことが現実になってしまった気がして、やっぱり癪に障る。

そう、偶然が重なっただけだ。

べつに運命なんかじゃないし、物語も始まらない。

私はいつものように、一時間目の準備をするだけだ。


朝比奈芽吹は、授業をあまり聞いていないように見えた。

失念していたのは、彼が転校生で教科書がまだそろっていなかったということだ。必然的に隣の私が見せることになり、机をくっつけるはめになる。かといってとくに会話があるわけでもない。

彼は終始ぼーっとしていたし、たまに窓の外を眺めたり、手のなかのペンを回したり、集中しているようには感じられなかった。

なのに、教師に当てられてもすらすらと答えられる。

古文の授業ではびっくりした。初出の漢詩をためしに読んでみろと適当な数字で当てられ、彼はあろうことかそれを中国語で読みだしたのだ。教室中があっけに取られてしまい、私もそうじゃなくてと彼に伝えることすらできなかった。教師も「ありがとう」としか言えていなかったのでそれが正しいのかどうかはわからない。ただ彼のよく通る声で読まれた漢詩はとてもきれいな調べで、詩のうつくしさを身を持って知ることはできた。

数学の授業で私が答えられなかったときは、彼がさりげなくノートの端に答えを書いてくれもした。さっきまで外を眺めていたのに、まるではじめから答えがわかっているみたいなスピードで。

「ありがとう」

そう私が小声で伝えると、彼は唇の端をそっと上げてから「どういたしまして」と答えてくれた。

なんていうか、ちょっと変わった人だな、という印象だ。

もちろん聞いていないようで実は聞いているのかもしれない。もしくはすでに前の学校でやった事柄だったのかもしれない。

にしても、やはりどこか、ここにいるようでいないような雰囲気があった。

休み時間は本を読もうとしていたみたいだけれど、入れ代わり立ち代わりクラスメイトがやってきて忙しそうだった。朝の挨拶ではみんな怪訝な顔をしていたのに、見た目がよろしければ多少の迷言はどうってことないらしい。

彼はいやな顔ひとつせず、にこやかに応じていた。私は面倒だったので、すこし離れた愁平の席に夏乃と避難していたから、なにを話していたのかまではわからない。ただ話し終えた子たちはみな浮き足立つように席に戻っていったので、きっとたのしい会話がなされたのだろう。

どこからか話が回ってきて、彼が以前は海外にいたことと、きょうだいはいないということだけはわかった。

そうやって一日は過ぎた。朝比奈芽吹関連のこと以外は、いたって普通の、いつもの月曜日だった。

放課後、愁平は部活に行き、夏乃は「約束があるから」とすぐに帰っていった。私は別にやることもなかったので、図書室に以前借りた本を返してから帰ることにした。

返却の手続きをし、新しい本は借りずに図書室がある別棟から渡り廊下に出ると、空が眩しかった。夕焼けにはまだ遠い。

春の空は清々しいのにもうすぐ梅雨がくることをすこしだけ疎ましく思いながら玄関へ向かう途中、人影が視界の端に映った。

そこは校舎と校舎の間、渡り廊下から見える中庭で、めったに人はいない。誰も手入れをしない花壇があるだけのなにもない場所だった。

ほんとうはなにもないのではなく、雑草が豊かに茂っているのだけど。

草刈りでもするのなら巻き込まれる前にこの場を去ろう、と思いつつその人物を確認すると、まさかの朝比奈芽吹だった。

思わず足を止めてしまう。

彼は花壇を見下ろすように立っていた。足下にはタンポポとカタバミが咲いている。風に吹かれて揺れるそれらが、彼に寄り添っているように見える。

「水嶋さん」

気配に気づいたのか、彼がこちらを向いて私の名を呼んだ。

みずしまさん。とても丁寧な発音。

そうなると立ち去るわけにもいかず、私は渡り廊下から中庭へと進み出る。

足下はどこにでも生えるしぶとい雑草の代表スギナ、メヒシバでふかふかしていた。

日差しの下に出ると、眩しさが増し、目を細めてしまう。

「見かけたから……なにしてるのかな、と」

そう言いながら彼の隣に立つ。近くで見る花壇は、思っていた以上にわさわさとさまざまな葉が生い茂っていた。よく見れば、隅のほうに肩身せまくチューリップも咲いている。

「校内を散策していたら、花壇があったので」

「花壇……まあ、元花壇というか」

「たしかに、元……ですね」

「今はこう……雑草がのびのびと」

「いろんな草花が自由に生きてますね」

ふたりで目の前を見て、黙って数拍。

同時に笑い出してしまった。

おかしかったわけじゃない。笑えるなにかがあったわけでもない。

でもなぜか、一緒にちいさく笑っている。

古ぼけた煉瓦で囲われたエリアのなかでピンクの花を咲かせるカラスノエンドウが風に揺れていた。

「自由に生きてる、か」

彼のことばを繰り返してみる。そういえば昨日、彼はシロツメクサを「君たち」と呼んでいた。もしかしたら彼も植物が好きなのだろうか。

七月に咲く桜を探している、なんて言うぐらいだし。少々ファンタジックだけども。

横顔をそっとうかがう。その瞳は、やさしく草花に向けられている気がした。

「いつも、邪魔もの扱いされるけどね」

私がそう口にすると、彼が横目でこちらを見た。

「勝手に生えますからね」

「抜いても抜いても生えてくるし」

「成長するのもはやいですし」

「そうそう、気がついたらあたり一面にばーっと広がってたり」

ふふふ、とまたふたりでかすかに笑いあった。

それでも彼のことばがはらむ空気は、それをマイナスとして捉えていないのがよくわかる。

望まれないところに生えるから雑草なのだという。初めてそう聞いたとき、なるほどと思った。生えてほしくないのに生える。厄介もの。

だけど、彼は、朝比奈芽吹は、それを慈しむような目で見る。生きていると表する。

目を閉じて、深く息を吸った。青い、春のにおい。

雑草にだって名前はある。驚くほどちいさな花が咲いたり、よい香りがしたり、なかなかかわいらしいものも多くある。

とはいえ、だ。

「とはいえ、ちょっと、どうにかしたほうがよさそうな気がします」

まるで私の心を読んだかのような台詞に、はっとしてしまう。彼を見やれば、腕を組んでじっと花壇を見つめていた。

「どうにか？」

「花壇を作ったひとが望んでいたのは、こういう姿ではないのではないか、と思うので」

なるほど、と私は口のなかでつぶやいた。

花壇らしくあれ、というわけじゃない。この花壇を設置したひとの思いを、彼は汲んでいるのだ。

すっと風が吹き抜けていく。ホトケノザがこちらを見ている。

「昔は園芸部があったらしいんだけど」

「園芸部……？」

「そ、ここだけじゃなくて道路沿いの花壇とかも手入れしてたんじゃないかな」

今、そっちのほうは地域のひとと有志の保護者が季節ごとに花を入れ替えていた。

おかげでこの学校の外見はきれいだ。

かつてはこの花壇にも色とりどりの花が咲いていたのだろう。私が入学したときにはすでに廃部になっていた。さすがに草刈りと掃除はしていたけれど、古びたベンチとなにもない花壇のみでは、誰もよりつかなかった。

「そうなんだ」とだけこぼした彼の眉尻が下がっていた。その足下のタンポポが揺れるさまは、なぐさめているように見えた。

「あのさ」

問うべきかスルーすべきか。すこし迷ったものの、迷うぐらいなら聞いてしまえと私は彼の顔を横目で見る。

「朝言ってたこと……七月に咲く桜って、あるの？」

ふわりと風が吹いた。

「わからないから、探しているんです」

唐突な質問に、彼はちょっとだけ驚いたような顔をしてから、やさしい声で回答してくれた。

「つまりないかもしれない、ってこと？」

「そういうことになります。そしてあったらいいなと思っています」

「季節外れの桜、とかじゃなく？」

「……ありえなくもないですが、聞いたことありますか？」

「いや……七月はないかな」

「北海道、だったでしょうか、そちらには七月に咲くものもあるみたいですが」

「それは違う？」

「はい」

「でも探しているってことは、あるかもしれないって思うなにかがあるってことなんだよね？」

続けざまの質問に彼は素直に「はい」と頷いてから、目をぱちぱちさせて私を見て笑った。

「なにもまったくの夢や想像で探しているわけじゃないんですよ」

ちょっとだけ、ほっとしてしまった。

と同時に若干、気恥ずかしさと申し訳なさも生まれた。

もしや月のウサギを探していますレベルのファンタジックなことかと思ったけれど、さすがにそうではないらしい。いやロマンを持つことはすばらしいし、ないものを証明するのは難しいだろうから、何事も決めつけはよくないだろう。

とはいえ、さすがに七月の桜は。

そんな私の心の内を察しただろうに、彼は咎めたり怒ったりはせず、にこやかな雰囲気のままこちらを見ていた。

「……ちなみにそのあるかもしれないって思った根拠はなんだったの？」

どうせなら、ともうひとつ質問を重ねる。

しかし朝比奈芽吹は口を開かなかった。それどころか、じいっと私を見つめてくる。え、なに。と思わず気持ちが後ずさる。その瞳が澄んでいてまっすぐだったからよけいに。

やがて彼はうっすらと、しかたのないような笑みを浮かべた。

「……秘密です」

たっぷり三十秒ぐらいそうされてから、彼がようやく答えをくれた。それだけためておいて秘密ですか、と普段の私なら言ったかもしれないけれど、どうしてかそんな気持ちにならなかった。

その顔が、胸を締めつけた。

秘密。そのことばになにが隠されているのだろう。

なのにそれを聞いてみようとは思えなかった。

さあっと風が吹く。

「引き留めてしまって申し訳ない。帰るところだったのでは」

その風に呼応したかのように彼がこちらを見て聞いてくる。

「え、ああ、そうだけどべつに急いでないし」

「そう、ならよかった。僕もそろそろ帰ろうと思っていたので、よかったら門まで一緒してもいいですか」

突然の提案に一瞬ぽかんとしてしまったけれど、別段断る理由もなかったので「どうぞ」と答えた。彼は「よかった」とゆるやかなほほえみを浮かべる。

「……ごめん、鞄、教室に置いたまま、です」

ところがすぐにそう言って、頭をわしゃわしゃとかく。その顔から笑みはすっかり消えて、目には申し訳なさそうな色が浮かんでいた。

その顔が困った犬みたいで思わず笑い声をあげてしまう。

「いいよ、それぐらい。たいした距離じゃないんだし。あと、話し方、かしこまらなくていい。朝比奈君がそのほうがいいならいいけど」

「ありがとう。話し方も。気が楽になった」

私が笑ったせいか、彼の肩の力も抜けた気がした。整った顔立ちがしょんぼり犬顔になるのも悪くなかったなとすこしだけ残念に思う。

並んで渡り廊下を歩き出す。なんとなくわかってはいたものの、横に並ぶと彼の背の高さがよくわかる。私も女子のなかでは高身長だけど、彼はさらに頭ひとつぶん大きい。

「昨日のこと、内緒にしてくれてありがとう」

ゆったりしたリズムで進みながら、さりげなく彼が口にした。やってきた風にほわりと消えてしまいそうな、淡い声。

「ああ……まあ」

なのに私から出てきたのはそんなそっけない音だった。

休み時間、夏乃に知り合いなのかとたずねられたことを思い出す。どこまで秘密にするべきかわからなかったものの、とりあえず「昨日道を聞かれた人だった」とだけ答えておいた。嘘は言っていない。植物園の出口を聞かれたのだから。

そもそも「植物園で桜の木に登っていた」なんて言う気もなかった。誰にもメリットもないし。

なぜ桜の木に登っていたのか。訊こうか考えて彼の横顔を見る。

訊いたら答えてくれるのだろうか。

「なに？」

見ていたことに気づかれて、さきに訊かれてしまう。

「あ……なんで、木に登っていたのかな、って」

しかし私の質問に、彼は眉間にしわを寄せた。「登る？」と言いながら首をかしげている。まさか忘れたわけではなかろうに。ここにきて知らんぷり、だろうか。

「……ああ、えーと」

なにかを思いついたかのように頷いて、それから彼はゆっくりと私を見た。あの、はにかんだ顔で。

「秘密、です」

そしてそう言った。丁寧に。

「秘密、ですか」

また秘密だ。思わず私までですます口調になってしまう。

彼は「そうです」とまたゆっくりうなずいて「だから内緒にしておいてください」と付け加える。

秘密にしておきたいなにかがあるのか。想像もつかないけれど。だって桜とはいえ葉桜だし、毛虫だっている。そんなところに登ってなにがあるのか私にはさっぱりだ。むしろ幼すぎて恥ずかしいとかそういう理由のほうが納得できる。

じっと彼を見る。とぼけた様子ではないけれど、あやしい。

ただほんのすこし、さっきの秘密と今の秘密は毛色が違うなと思っていた。

「あんまり立ち入らないほうがいい理由がありそう」

冗談めかして私が言うと、彼の顔がにわかに固まった。

「……秘密が多いほうが、ミステリアスでたのしいでしょう」

しかしすぐに表情を変え、蠱惑的ともとれそうなほほえみを携えてそんなことを言いのける。

その返答に私が笑うと、彼もまた「冗談です」と声に出して笑った。

校舎に入り階段を上りはじめると、ホルンの音が遠くから聞こえてきた。吹奏楽部の音に混じって、武道場から竹刀の音も響いてくる。

「朝比奈君は、なにか部活に入る？」

これ以上、木登りのことをつっこんでも無駄だろうと、私は話題を変えてみた。無言で並んで歩くのも、なんだかちょっといやだった。

「部活……？　ああ、いや、入らないかな」

唐突に話が変わったせいか、彼はワンテンポ遅れて返事をくれる。

「そうなんだ。背が高いから運動部から誘いがきそう」

「スポーツが得意そうとはよく言われたかな」

「ということはそうでもない？」

彼は顔だけすこしこちらに向けて「ご明察です」と苦笑いを浮かべた。

「背が高いだけだから」

続いたことばは、ほんのすこしだけブルーな色が混じっていた。

ああ、きっと、過去に何度も言われてきたんだろうなあとその顔を見て思う。

もったいない、って。

「……いいじゃんね」

「え？」

私のことばに、彼が二段上で立ち止まって振り返る。

「背が高くたって、運動が得意だからって、やりたいかどうかは別の話だし」

スポーツができたって、できなくたって。

背が高くたって、低くたって。

やりたいかどうかは自由に選べばいい。

「背の高さとか利き手とか、生まれ持ったもので判断するのって、ナンセンスじゃない？」

「でもスポーツにおいて有利な点があるのは理解できる」

「うん、それはね。でもせっかくその身長があるんだから、なんて大きなお世話」

自分で選んで生まれてきたわけじゃない。親が、神様が与えたものじゃない。

「ただ、たまたま、そうだっただけでしょう」

私がそう言うと、彼は、朝比奈芽吹はしばし目をしばたたかせたあと、ゆっくりとほころんだ顔を見せてくれた。

「なるほど、たしかに」

ふたたび階段を上りはじめて、今度は彼が質問をなげかけてきた。

「水嶋さんは、なにか部活に入ってる？」

教室に着くと、もう誰もいなかった。開け放たれたままの窓から風が吹き込んで、日に焼けたカーテンが膨らんでいる。

「いや、今はなにも」

彼は丁寧なしぐさで机のなかの本を鞄にしまい、持ち上げる。

「今は？」

「そ、元陸上部。このあいだやめた」

そうなんだ、とひと呼吸おいてから、朝比奈君は続ける。

「走るのは好き？」

過去形じゃなかった。

窓を背後にした彼を見る。

やっぱり窓枠が額縁みたいに彼をふちどって、そこにあるのは絵画だった。

「うん、好きだね。跳ぶのはもっと好き」

偽りのない素直な気持ちをきちんと乗せて答えると、彼はにっこりと笑う。

「跳ぶ……ってことは高跳び？　棒もあるんだっけ？」

「棒高跳びじゃなくて走り高跳びのほう。これでも去年の府大会は三位」

「へぇ、すごいね」

彼のことばにも、嘘の気配は感じられなくてうれしかった。

一緒に教室を出る。近くの教室には人の気配が残っていた。階段を下りるときにはクラスメイトの白岩《しろいわ》さんとすれ違う。新聞部の活動なのか、カメラを首から下げていた。「さよなら」と挨拶すれば、そっけなく「さようなら」と返ってくる。ただ白岩さんのまじめな視線は、私ではなく朝比奈君に向けられていた。

「白岩さんですら、朝比奈君が気になるか」

苦笑しながらこぼすと、朝比奈君がきょとんとした顔をする。彼は自分の容姿がひとを惹きつける魅力を持っていることを自覚しているのだろうか。

靴を履き替え外に出ると、運動部の声や音がよく響いていた。グラウンドに目をやれば、陸上部が片隅で走っている。愁平の姿もあった。

「青春、って感じだね」

ふと朝比奈君が口を開いたので、今度は私がきょとんとしてしまった。彼を見れば目を細めてグラウンドを眺めている。

私にとっては毎日見る光景が、そこにはある。

「……前の学校では、あんまり部活動盛んじゃなかった？」

陸上部、野球部、サッカー部、ソフトボール部。あとは反対側のコートにテニス部とハンドボール部がいたはずだ。どこもこんなものだと思っていたけれど、海外にいたらしいし事情は違うのかもしれない。

「え？　あ……ああ、そうだね。どちらかというと、勉強がメインの学校にいたから」

「ああ、納得」

「納得？」

「いや、ほら授業もさ、先生の話聞かなくてもわかってるっぽかったから」

にやりとしてやると、彼ははっとしてから頭をくしゃくしゃっとかいた。ばつが悪そうに、立ちすくむ。

「まあうちの先生たち、そんな厳しくないからきちんと理解さえしてれば大丈夫だとは思うけど」

「でも、せっかく授業してくれてるのに、話を聞かないのは失礼だ」

「いいんじゃない？　授業中にべつのこと考えたりしたりするのだって、青春だよ」

「青春？」

「そ。別に部活で汗流してるだけが青春じゃないでしょ。授業中に居眠りしたり、放課後にわけもなくぼーっとしたり、今しかできないことっていっぱいあるよ」

校門までの道をすこし歩きながらそう言うと、後ろから笑い声が聞こえてきた。え、と振り返ると朝比奈君がゆるく握った手を口許に添え、声を我慢するように笑っている。

「え、なに、そんなおかしいこと言った？」

「いや……水嶋さんは青春を謳歌してるんだなあと思って」

自分が言ったことを反芻して「あー……」と情けない声がもれ出た。

居眠りして、ぼーっとして。私の青春はずいぶんとぼんやりだ。

「別に、ほかのことだって」

「うん」

「特別なにかをしなくたって、今は今しかないって」

「うん、その気持ちはすごく伝わった」

朝比奈君は妙なところがツボらしい。対して私は恥ずかしいというよりも、自分が自分らしすぎてどうにも呆れてしまう。

でも彼に笑われても、嫌な気はしなかった。

「いいと思う。水嶋さんのそういうところ」

きっと他人を馬鹿にしないからだ。

自分にため息をついて、彼の笑顔に救われて。ぬらりくらりとした気持ちを抱えてまた歩き出す。

朝比奈君も隣に並んでゆっくり進む。サッカー部のマネージャーらしき女子生徒が、ちらちらとこちらに視線を向けてきた。サッカー部にだって、人気者のなんとか君がいるだろうに。

すこし進めば、陸上部の練習場所だった。思わず足を止める。

短距離組がスタート練習を始めるところだった。私は走り高跳びが専門だったけれど、短距離の練習もしていた。あのスターターの感触を思い出す。

愁平がスターターをセットしていた。男子部員のエースだし、きっとこの秋には部長になるんだろう。あいつのむかつくところは、短距離選手のくせに長距離もそれなりに速いことだ。冬にはちゃっかり駅伝選手になってるし。

私にはさすがにそれは無理だった。ランニングぐらいなら走れるけれど、長い距離をスピードでは勝負できない。

でも、跳ぶのだけは誰にも負けたくなかった。

今年は府大会で優勝して、インターハイに出るんだって、必死だった。毎日、毎日、練習してた。

「聞いてもいい？」

風が目の前を通り過ぎるのと同時に、朝比奈君が私を見た。なにも言わず立ち止まってしまった私につきあって、一緒にいてくれていた。

「なに？」

「どうして、やめたの？」

その横顔がやけにクリアで、風になびく前髪が近づいてくる夕焼けに溶けてしまいそうで、きれいなのに、いびつだった。

「部活？」

「そう。たのしそうに見てたから」

「あれ、違うのかな」

私の反応に、彼もこちらを見る。その顔は素直に驚いていた。

たのしいこと、考えていただろうか？　ただ今日はあれをしてるんだなあとか、愁平のやつめとか、そんなことをぼんやりと思っていただけだ。

「いや、最初こそむむって顔してたけど、途中からは懐かしむような感じでほほえんでいたから」

だからなんでやめたのかなあって。

そう続けられて、私はふたたび陸上部を見やる。

部活は、走ることは、跳ぶことは、たのしかったし好きだった。

「交通事故、がきっかけかな」

話すことに抵抗はなかった。それに私の周りはみんな知っていることだ。

「雨の日に車がつっこんできた。って言っても、たいしたスピードも出てなかったし、怪我もたいしたことなかったんだけどね」

「……それで、走れなくなって？」

朝比奈君の表情を確認してしまう。でも彼は、普通だった。つとめて平静を装っている雰囲気もなく、心配そうな同情しているような顔にもなっていない。

「いや、走れるよ。跳ぶことは普段なかなかないから、できるかわかんないけど」

「じゃあ、どうして？」

彼と目が合う。長めの前髪が、ほんのすこし瞳に影を落としている。

息を吸って、吐く。ゆっくりと。

「うーん……秘密です」

そこまで言うつもりはなかった。夏乃も愁平も、たぶん知らないだろう。話してないから。

「秘密ですか」

さっきの再現のように、朝比奈君が口にしてからうっすらとほほえんだ。そしてそれ以上は追及してこなかった。

彼がどう思うのかはわからない。怪我してあっさり諦めたやつだと認識したかもしれない。

でもそれならしかたがない。事実だから。

「諦めたらだめだって、何度でも立ち上がらなきゃいけないって、誰が決めたんだろうね」

パァン、とスターターの音が響いた。私のこぼした声はかき消されただろう。朝比奈君も、ただ前を見ていた。

いつまでも眺めていても、と帰ろうとした矢先、スタート練習から戻ってきた愁平に気づかれてしまった。私と隣の朝比奈君を見て、呼吸を整えるように天を仰いでからこちらに歩いてくる。

めんどくさい。

そう思ったときには大きく手を振って「華」とでかい声で私を呼びやがる。

「朝比奈君、帰ろう」

「え、でも華って水嶋さんじゃ」

「いや違うし。私じゃないし」

「おいおい、嘘つくなよ」

私と愁平を交互に見る彼をかりたてて動かそうとしている間に、愁平が私の目の前まで来てしまった。

「芽吹も今帰り？　ってかふたりで帰んの？」

「門のとこまでね」

「……ふーん」

「なによ、というか、いつのまに」

愁平が朝比奈君のことを「芽吹」と呼んだことに言及すると、

「昼休みさ、女子に囲まれて大変そうだったから学食誘ったんだ」

そう愁平がさらっと説明してきた。そういうところ、スマートにやるのが愁平で憎たらしい。

「華さ、今度の記録会、見に来いよ」

手にしていたスポーツドリンクを飲みながら、愁平が言う。視線がちらっと朝比奈君をかすめたように見えた。

「それ、今言う必要ある？」

同じクラスで近所で幼なじみゆえに連絡先だって知っている。なのに今ここで。陸上部の前で。

「いいじゃん、今言おうって思ったんだから」

でも愁平は意に介さない。

ついでに汗が垂れそうなのか、熱いのか、しきりに前髪をかきあげているのがなんかうざい。

「芽吹は？　部活とかなんかしないの？」

ため息をついていると、今度は朝比奈君に話しかけだす。

「いや、僕は」

「ふーん、そっか。ま、気が向いたらどこなりと案内するし、遠慮なく」

愁平は誰にだってフラットだった。だから幼なじみやってられるんだけど。

「境君《さかい》」と愁平を呼ぶ声が遠くから聞こえた。愁平が振り向く。私も視線をやると、短距離組の女子エース、塚本《つかもと》さんが腰に手を当てて順番がくるよと呼んでいた。あいかわらずスタイルがよい。

「今行く」

そう答えた愁平はスポーツドリンクを仰ぐように飲んでから「じゃあな」と去っていく。

途中一度だけ振り返って、ふっと笑う。やっぱうざい。

そのあいだ、塚本さんはずっと私を見ていた。蛇みたいな熱のない目で。愁平はたぶん知らない。そういうところも気にしないから。

でも朝比奈君は違うらしい。彼女の視線に気づき、私を横目で見る瞳は揺れていた。

「嫌われてるでしょ、私」

だいじょうぶ、と笑うと彼がこちらを見る。眉をひそめたような、額にしわを寄せたような、なんともあやふやな表情だ。

「わかってるから、平気」

愁平も塚本さんも、もう練習に戻っている。スターターの破裂音が空に昇る。

彼女は私のことが嫌いだろう。はっきり言われたことはないけれど、それぐらいわかる。私も陸上部だったころはよく話してた。練習のこととか、大会のこととか。友人というよりは同志だったかもしれない。でも今はもうさっぱりだ。

ひとつだけ、聞いたことはある。噂程度に。

「あんな情けないひとだと思わなかった」って。

噂ってのはめんどいもんで、聞きたくもないのに親切丁寧に語ってくれるひとが必ずいる。ほんといる。中学のときなんか私と愁平がつきあってるなんて事実無根な噂が出て、そりゃあもう呆れ果てるしかなかった。しかもそれを私に言ってどうして欲しいのか謎すぎて、聞いたときも「で？」以外の感想がでてこなかった。

塚本さんのこともそう。

言われたところで「で？」だ。

そんなこと、言われなくたってわかってたし。

事故や怪我が原因じゃないとはいえ、あっさり夢を諦めたんだから。

そう思う彼女の気持ちも、わからなくないし、思って当然だろう。

彼女は、夢に、陸上にまっすぐで一生懸命だった。

そんな彼女から見たら負け犬なんだ、私は。

「帰ろう」

まだ困惑顔の朝比奈君をうながす。彼はなにも言わなかったけれど、一緒に歩き出してくれた。

「まあ正直、ほっといてくれとは思ってる」

「……さっきの彼女？」

「そう。嫌うのは自由だけどさ、かといってそう毎回睨まれてもね」

「え、毎回？」

今度はさっきとは違う、驚いた顔を見せてくれる。

なんでか、私の気持ちがふっと軽くなった。

「クラスも違うし、めったに会わないけどね」

気温が落ちてきたのか、だいぶ涼しい風がふたりの間をすり抜けていった。校門までの道沿いに植えられた木がさわさわと音をたてる。

校門横の桜の木も今はすっかり葉桜で、その根元にある花壇にはチューリップやゼラニウム、ストックがあざやかに咲いていた。

「どうして」

花壇前で足をとめた朝比奈君が言う。

「転校してきたばかりの僕に、いろいろ話してくれるんだろう」

それは質問のようで、疑問を口にしただけのようにも聞こえた。

それでも視線は私にまっすぐ向けられている。

「さあ」

なんとなく、答えるべきなのはわかった。

「誰かに話したかったのかもしれない」

彼の顔を見上げる。その奥に、鮮やかな緑が広がる。

「事情を知らない……外側の人間のほうが話しやすかったりするしね」

外側はあんまりか、と笑うと朝比奈君も笑ってくれた。

「なるほど。言いたいことはわかるし、大丈夫」

「でも別に部活のこと、事故のことなんかは、たいがい知られてることだし」

特別な話をしたつもりはなかった。世間話ぐらいの気持ちだ。

でもすこしだけ、悪くない時間を過ごした気もしている。それにたしかにほぼ初対面の相手に、ここまで話すことも今までの私にしたらなかったかもしれない。

「話しやすいのかも、朝比奈君って」

「そう、なのかな」

「木から落ちてきたときは、なにこのひと、って思ったけど」

「あー……それは……」

「そのうえ朝の発言も驚いたけど」

朝比奈君は決まり悪そうに「面目ない」とこぼした。

その顔は情けないのに、きれいだった。

でも昨日感じたような、曖昧なよくわからない感情はもう起こらない。

「君に……来てよかった」

鳥の鳴き声に、朝比奈君は視線を上げてそんなことを言ったような気がしたけれど、あまりにもかすかな声だったので聞き返すことはできなかった。名前のわからない小さな鳥が、小枝の先から飛んでゆく。その行き先を追えば、太陽はだいぶ傾いて、空の端にオレンジ色が滲んできていた。

「朝比奈君は、バス？」

「いや歩き」

「そっか。じゃあ、また明日ね」

「うん。今日はありがとう」

校門で挨拶を交わして、反対方向へと別れた。一度だけ振り返ると、彼はまだそこに立っていて、ちいさく手を振ってくれた。

私はそれに目礼だけして、バス停へと向かう。

朝は微妙な、なんともいえないもやもやした気持ちを抱えていたのに、今はもう消え去っていた。ただ兄のことばだけはまだ納得がいかないし、ちいさな偶然が重なっただけだと私は思う。

運命なんて知らない。

だってそんなものがあったら、私が事故に遭ったことも、部活をやめたことも運命で片づけられてしまう。

運命なんかじゃない。物語も始まらない。

ただそこに、彼がいるだけだ。

タイミングよく、乗るバスがやってくる。同じ高校の生徒数人と一緒に乗り込む。

空席はあったけれど、あとから子連れの女性が乗ってきたので座らずに立つことにした。

バスはゆっくりと走りだす。偶然乗り合わせただけの人たちを乗せて。

そんなもんだ、と私は思いながらぼんやりと窓の外を眺めていた。

＊

今年の京都の梅雨入りは、平年よりすこし早まるという予報をみた。今は五月末。

雨が降るとスケッチに出かけられないからつまらない。家の庭や近所にも雑草は生えてるけれど、植物園まで行って描くのが好きなのだ。

それに、空がどんよりしている日はどこか気持ちが落ち着かない、ような気がする。

傘立てにもうないあの傘をどうしてか思い出してしまう。そのたびに私は、あれぐらいのことでなにセンチメンタルになってんのよ、と自分を笑う。

そんな日が増えてきたとはいえ何事もなく、毎日は過ぎていった。

変わったことといえば朝比奈君が教室にいることだったけれど、それだって三日もすれば慣れる。朝比奈君の発言だってもうみんなは忘れたみたいに気にしていなかった。

初日以降、彼も桜の話なんてしていなかった。

教科書も手に入れたらしく、机をくっつけることももうなかった。朝、席につけばどちらからともなく「おはよう」ぐらいは言うし、帰るときには「さよなら」とか「またね」とかは言う。でもそれぐらいで会話が弾んだりはしない。花壇のことも、植物のこともあれ以来話したことはない。

一度だけ、移動教室の場所をたずねられたことがある。

「ああ、それなら」

「芽吹、一緒行こうぜ」

でもそのときは、教えようとしたところで愁平がやってきて彼を連れて行った。だからやっぱりたいした会話はしていない。

私よりよほど愁平のほうが朝比奈君とは親しくなっていた。愁平のグループと一緒に学食にも行っているみたいだし、休み時間もときどき彼らと話しているのを見かける。

愁平たちと一緒じゃないときは、誰かしら——ほぼ女子が彼を囲んでいた。

朝比奈君はモテた。そう、とっても。

転校生、という属性がまず興味をひく存在だろうけれど、彼は見てわかる通り非常に見た目がよろしい。背は高い——たぶん一八〇センチは超えてるし、手足がすらっと長い。

それに話し方がとても丁寧だった。たぶん聞き上手でもあるのだろう。「そうなんだ」「うん、そうだね」なんて相槌ひとつが穏やかで、大人びたやわらかい雰囲気もあって同世代の男子とはちょっと違っていた。そこらへんが受けたのかもしれない。

「大人っぽいひとに、惹かれがちよね」

と夏乃は言う。いや夏乃こそ年上の恋人がいるわけだけども。

「でも、朝比奈君は大人っぽく見えるだけで、その実少年だと思うわ」

とも言っていたので、さすがの観察眼です、と笑ってしまった。

朝比奈君は、木漏れ日のような穏やかさと、青嵐のような清々しさをもつひと、だと思う。

でも彼は、放課後だけはすみやかに姿を消していた。おかげで彼と話したかった子たちはみんなやきもきしてた。隣で帰る準備をする私に「どこに行ったか知らないか」とか聞いてくることもあったけど、私は全部「さあ」とだけ返していた。

ほんとうは、知ってたけれど。

このあいだの、水曜の放課後、また図書室でも寄るかと立ち寄って知ったのだ。

彼はあの花壇の手入れをしていた。いろんな植物が自由に生きているあそこを。

「まさか自分でやるとは」

そう思わず声をかけた私に、袖をまくって軍手をした彼が相好《そうごう》を崩す。

「先生があっさり許可をくれたから」

そりゃそうだろう、せいぜい草刈りしかしないエリアだし、むしろ願ってもないぐらいのことだ。この花壇の草を抜くだけでも重労働だし。

「……手伝う、って言ったほうがいいのかな、この流れ」

さすがの私も、これを見てじゃあがんばって、は言いにくかった。

その言い草が良かったのか悪かったのか、朝比奈君は声に出して笑った。

「やりたいかやりたくないか、でしょう」

「わー、ここでそれ言う？　じゃあやりたくないです」

「正直でいいね」

土に汚れた軍手で、彼は額の汗をぬぐう。髪にはすでに土がついていた。

「いいんだよ。それで」

朝比奈君はそう言った。笑顔のまま。

私の身体が、ふわっと軽くなる。

彼は「自分がやりたいからやるだけだし、けっこう得意だし気にしないで」とやさしい口調で言ってくれた。

教室以外では、唯一の会話だった。だから朝比奈君は放課後、いつもあの花壇にいるはずだ。

誰も行かない場所だし、図書室への道とはいえうちの学校は図書室の人気もあまりないから人通りも少ない。そのため、気づかれにくいのだろう。

秘密にしておいて、と今度は言われなかった。

秘密にしているのは、私の勝手だ。

どうしてかと言われるとむずかしい。別段、これといった理由があるわけじゃない。

それでも、なんとなく。

あの場所が朝比奈君には似合っていて。

土や草にまみれながら、自由に生きている子たちと一緒にいるのがとても自然で。

きっと、彼にとっての聖域……とまで言うと大げさだしはんとのところは知らないけれど、でもなんかこう、そういう大切な場所みたいな、そんなものなんじゃないかっていう気がしたからだ。

だから押しかけないほうがいいんじゃないかと思って、私はしらを切っていた。もちろん私もそれ以降行っていない。放課後、すぐに消える彼はきっとあそこにいるんだろうと思っているだけだ。

そうやって平日は過ぎていく。朝比奈君の存在以外、変わらない日々。でもそれで構わなかった。


週末、ようやくの土曜日。さいわいにも天気はよく、気温は上がる予報だったものの木陰なら十分しのげそうな日だった。

スケッチ日和だ。

私は道具とスケッチブックとお昼ご飯を自転車のかごに積んで、北白川の家を出た。桜の咲く頃は近くの銀閣寺、哲学の道あたりに観光客がいっぱいだけれど、もうピークは過ぎただろう。

京都は寒暖差がはげしい。朝晩と日中のそれももちろんだけど、うちがある東山のすそと市中でも違う気がしてしまう。自転車で坂道を駆け下りるときは涼しくて薄手のパーカーでは心許ない気がしていたのに、白川通りからしばらく西に進めば春の陽気を通り越してずいぶんと暖かかった。

盆地ならではの気候もよく言われるけれど、同じ市内でももうすこし南に行けばより暖かい気がするんだからおもしろい。

盆地ならではといえば、昔おじいちゃんに「京都は雨が降ると気が晴れる」と聞いたことがあった。雨が降れば山が隠れて広々と感じるというのだ。そんなもんかなと思って毎年梅雨の時季には比叡山を望むけれど、私にはいまだにあんまりわからない。夏になれば気温も湿度もひどく上がって、死にそうになる。秋は観光客が増えて、冬は底冷えがひどくて……そう思うと京都って暮らしやすいのかどうかが謎だ。

まあだからといってきらいなわけじゃないし、道はまっすぐで坂もすくないから自転車があればどこまでも行けるところは好きだし、なんだかんだで気持ちよく暮らしている。ほかの土地に住んだことないから比べることはできないけれど。

そんなことを考えているうちに、北大路通りも賀茂川近くまで来ていた。

植物園への道を上がって、自転車を停める。年間パスポートでさくっと正門から入り、今日はどうしようかととりあえず散歩がてら歩き始めた。

植物園は、とにかく広い。賀茂川沿いの広大な土地に、桜もバラも竹もメタセコイアもありとあらゆる植物が育てられている。温室は日本最大級らしいし、池も川も噴水もある。たまに大型観光バスで観光客や修学旅行生も来ているし、イベントが開かれることもある。

冬の、雪の降らない寒い日はひとがすくなくて、しずかで、私としてはいちばん好きだったりもする。

今日はお天気もいいということもあって、植物園はなかなかひとが多かった。ちいさな家族連れも多く、大芝生地にはたくさんのレジャーシートが敷かれている。

私もちいさい頃からよく両親につれてきてもらっていた。植物園のなかはスタッフの自転車や車しか通らず、ボールなどの遊具持ち込みやテントを張ることなども禁止なので、ちいさい子でも安心して歩いていられる。「よちよち歩きの頃、たっぷり芝生を歩かせてたわ」とは母の談だ。

そんな光景を横目に、私はあじさい園に行くことにした。まだ見頃には早いから、ひとはそれほどいないだろう。もし描きたい雑草がなくても、そこから噴水のあたりを歩けばなにかしら見つかる。

ネジバナが咲くのはもうすこし先だろうか。かといってシロツメクサは以前描いたし、と思っているとムラサキカタバミが咲いているのを見つけた。近くには先日描きかけていたニワゼキショウも咲いている。日陰はなかったけれど、風が吹くからある程度はしのげそうだった。

鞄からレジャーシートを取り出し広げ、色鉛筆の入った筆箱を開ける。続きを描くかどうか逡巡して、あたらしいページを開いた。

絵は学校以外で習ったことがない。独学といえるほど勉強もしておらず、中一のときからひたすら描き続けてきただけだ。

だからなにが正しいのか――セオリーなのかもよくわかっていない。自分の好きなように、思うがままに描いている。

今日は鉛筆で下描きせずに、葉をわさわさと描いていきたい気分だった。若草色の色鉛筆を握って、ムラサキカタバミのハート型の葉を描いてゆく。紫がかった薄ピンクの花もかわいらしいけれど、それは後回しにして重なり具合や光の当たり具合を観察しながら色を重ねてゆく。

どれぐらい経ったのか、ふいにスケッチブックに影が落ちた。

はて、と顔を上げると左隣に朝比奈君が立っていた。

「え、あ、は？」

意味をなさない音だけが私の口から溢れる。

「ぜんぜん気づかないなあと思って」

そう言いながら彼は笑いをかみ殺していた。

が、彼の言うことは、とてもよくわかる。

朝比奈君はすぐそこにいた。ほんとに、すぐそこ、だ。そこまで人が近づいてきたら気配で気づくだろう。

「遠くから声もかけたんだけどね。だから逆に、どこまで近づいたら気づくのかな、って」

　いまだに思考が追いつかない、というよりも自分の情けなさを理解したくない私は
「うわー……」と覇気のない声をもらした。

「……私じゃなかったらどうするつもり」

「だいじょうぶ、わかるから」

「わかる?」

「うん、描いてる姿というか雰囲気が、このあいだと一緒」

　彼はそう言って、桜林のあるほうを向いた。

「……描いてる雰囲気が一緒って、いやそれ難しくない?」

「そうかな。でもすくなくとも、地面を見て描いてるひとはなかなかいないから」

　あ、と今さらスケッチブックを胸に抱え込む。

　先週、木から落ちてきた彼はシロツメクサを指して私に描いていたのかと問うた。

　植物園には写生に来る人間も多い。その誰もがだいたい遠景を見て描いている。近くを切り取るのは、カメラのほうが圧倒的に多い。

　朝比奈君が私を見てほほえむ。

　私は遠くを見ない。木の上や、奥まで続く花壇や、一面に広がる花を見たりしない。雑草しか、描かないからだ。

「いや……まあ、変な趣味、だよねぇ」

曖昧に笑い、にごしながら言うと、彼はきょとんとした顔を見せた。

「え、なにが？」

「え、なにってその、私のこれ」

「絵を描くことが？」

「いやいや、描くこと自体は変でもなんでもないよ」

「じゃあなにが？」

なにが？と本心から疑問に思っている声だった。

私は面映ゆいというか身が縮みそうというか、なんともいえない気持ちでいっぱいになる。

幼いころ、植物園の花壇に植えられた色とりどりの花ではなく、木の根元や芝生のすきまに生えている雑草ばかりを好みじっと観察する私を、大人たちは「変わってるねぇ」と笑っていた。どうしてそっちが好きだったのか、今でもわからない。それでも規則正しく咲いている大きな花より、ちまちまと、ときに旺盛に咲いているタンポポやナズナのほうが好ましかった。

もしかしたら、気軽に手にして飾れるのも大きかったのかもしれない。おままごとや気取った髪かざりに使えるのは、そういった雑草ばかりだった。

家の庭や、河原でだったら大人たちもほほえむ光景だと思う。ただそれが、植物園でもとなると、どうやら違ったらしい。

『華って名前なのに、地味なのが好きなのね』

誰にだったか、そう言われたことは覚えている。

もし言われたのが今だったら「いやあすみません、名は体を表さないですね」とか返せただろう。うん、我ながら言いそう。

でもまだ六歳ぐらいだった私は、そういうものなんだと信じてしまった。わかってる、別になにを好きだっていいじゃんって今では思ってる。もしかしたら言ったひともたいした悪気はなかったのかもしれない。笑っていた大人たちも馬鹿にしていたわけではないのかもしれない。

それでも、他人はよしとは思わないのだと、心の中にずっと残っている。普通は、雑草なんかより花壇にある花を見に来るんだって、わかっている。

「水嶋さん?」

彼に名を呼ばれて我に返る。

「え、あ、ごめん」

気づけば彼は膝を折り、私の顔の高さに近づいていた。

朝比奈君の顔が、瞳が近くにあって、息をのむ。

それがなにを指しているのか、言われずともわかる。ただすぐに返事はできなかった。胸に抱いたスケッチブックに視線を落とす。描きかけの、緑に溢れたハート型の葉っぱたち。どこにでも生える、雑草。

視線を戻す。朝比奈君はほほえみを絶やさず、待っていてくれた。

ふと、あの花壇を思い出す。そこに佇む彼を。

「見ても、いい？」

「……下手でも笑わないでよ」

息をひとつ吐いて注文をつけると、彼は「まさか」という感じで眉を上げた。

私は座っている場所をすこし移動して、レジャーシートに彼のスペースを作る。朝比奈君はそこにきれいに座って、地面の花を踏まないように足を遠くへ置いた。

スケッチブックを手渡すと、彼は大事そうにそれを受け取ってくれる。

「ムラサキカタバミ」

そう言いながら、細い指先が丁寧にスケッチブックをめくる。

「ニワゼキショウ……ハルジオン、ヒメジョオン……わ、シロバナタンポポだ」

描いた花の名前をすらすらと唱えることに私は目をみはっていたが、それ以上に彼がきらきらと目を輝かせながら驚いていた。

「このあたり、咲くの？」

私の描いた白いニホンタンポポを見て、彼が聞いてくる。

「賀茂川の土手に咲いてて」

「そうなんだ、いいなあ」

あの少年みたいな朝比奈君がそこにいた。

「まだ咲いてるかな……いやさすがにもう終わったか」

「あ、うん、たぶんもう綿毛も終わっちゃったかも」

「だよね……セイヨウタンポポなら長いこと咲くんだけどな」

無念、といった表情で彼は空を仰ぐ。

「でも水嶋さんの絵で見れたからよかった」

私もつられて空を見る。天気のよい春の青空に、ゆっくりと雲が流れていく。

「いや私の絵でって」

「下手どころかものすごく正確で丁寧で、色鉛筆で描いたとは思えない。タンポポの花びら、数えた？」

「……数えた」

「やっぱり。数えて、それを正しく描くのは、真似できないなあ」

すごいよ、と彼は空を見つめたまま言った。

鳶がくるくると飛んでいた。大芝生地のお弁当を狙っているのだろう。

「でも、地味だから」

私がぽつりとこぼすと、朝比奈君がこちらを見た。私は空を見上げたまま、あえて笑う。

「あいにく雑草しか興味がなくてね」

横目に、彼の顔がむっとしたのがわかった。思わず顔を向ける。

「雑草しか？」

〝しか〟が強調されている。今まで見たことがない、憮然とした表情だった。

「えーと……」

「雑草の定義、知ってますか」

「生えてほしくないところに生えている植物……です」

「よろしい。では水嶋さんは、この子たちが生えて欲しくないと思っているんですか」

いつの間にかですます調になっている。というかまるで先生と生徒みたいだ。しかも小学生ぐらいの、怒られているそれだ。

「いや……思っていません」

「かのエマーソンは雑草を、いまだその価値を見出されていない植物、と評しました」

かの方がどういう方を私は知らないけれど、頷いておく。朝比奈君の目は真剣そのものだった。ちゃちゃを入れている場合ではない。

「もし、水嶋さんが」

彼はじっ、と私の目を見た。

「彼らの花や葉の美しさに気づき愛でたのならば、それはあなたにとっては雑草などではない、と僕は思います」

ぎゅうっと、胸が締めつけられた。このうえなく、どうしようもないほどに。

「第一、彼らにも名前がきちんとついています。花言葉だってあります。すべての植物はもちろん、すべてのものに価値があるんです」

風が吹いた。私の髪が視界を遮る。

「ただ、見出されていないだけなんです」

ああ、そう言ってくれるんだ。

彼のことばに、胸の奥が熱くなる。思わずうつむいて、髪で顔を隠す。

大きく息を吸って、おなかにためた。今、このときを、この空気を、彼のことばを逃してはならないというように。

「……ずっと、つまんない趣味なんだなって思ってた」

吐き出した息は、予想以上に軽かった。

「趣味に、つまらないもつまらなくないもないよ。趣味なんだから」

朝比奈君の口調も表情も、やわらかく涼やかなものに戻っている。

「たしかに」

気が抜けたように、笑ってしまう。

趣味なんて、ひとにとやかく言われるものではない。自分のたのしみなのだから。

「僕は、とてもいいと思うのだけど」

「やたら褒めてくれると逆に疑うんだけど」

「心外だなあ。だって、こうやって絵に残しておけば、後世への記録になるでしょう」

「そんな大げさな」

後世だなんて規模の大きな単語が出てきて、また笑ってしまった。これは個人の趣味でなにかの資料ではない。

「どんなものだって、どんなことだって、記録がなければ未来につながらないよ」

だけど彼の瞳は、穏やかなまま。

穏やかなまま、私をじっと見つめている。

「失ったものは、二度と戻らないかもしれない。でも記録があれば、完全に失うことはない」

なのにその目は私を見ている気がしない。

どこにいるのだろう。

なぜかそんなことを思ってしまった。

彼は間違いなくここに、私の隣にいるのに。

その声が、姿が、まるで遠くの世界にいるように、不確かなものに思えてしまう。

「水嶋さんの絵は、みんなに情報を伝えることができる絵だと思うよ」

ありがとう、とスケッチブックを返される。そのときに彼の指先が触れて、そこでようやくここにいると実感できた。

「……情報を伝える絵か」

「ごめん……芸術的な視点は持ち合わせていなくて……」

それが不満に聞こえたのか、朝比奈君が八の字眉を作った。

「え、ああ、いや違う違う。別に画家を目指してるとか、芸術性に悩んでいるとか、そういうんじゃないから」

そうじゃなくて、と深呼吸ひとつ。

「誰にも、見せたことなかったから。だからこう……新鮮だっただけ」

それは素直な気持ちだった。見せたことないどころか、たぶん知ってるのは家族ぐらいだろう。

「誰にも？」

「うん……まあ見せたって、雑草、だし……」

もう一度たしなめられるかなと思ったけれど、今度はそういうことはなかった。

そのかわり朝比奈君は遠くを見るような目で「それは困る……とはいえ……」みたいなことを口の中でつぶやいていた、ように思えた。

「そうだ、あれは？　ＳＮＳ……だっけ」

「へ？」

唐突な提案に、ふわっとした声が出てしまう。

「自分の描いた絵とか、撮った写真とか載せているひといるでしょう？　水嶋さんもやってみるとか」

「私が？」

「そう。ネットに上げておけば、記録として長く残りやすいし」

記録。また記録だ。

「どうして……」

「うん？」

「いやどうしてそこまで」

私のことばに、朝比奈君が顔をはっとさせる。

「ごめん。つい……いや、無理強いはしちゃだめだよね」

今度は私が彼のことばに慌ててしまう。

「ああ、いや、違う、ごめん。そうじゃなくて……どうしてそこまで朝比奈君は私の絵のことを考えてくれるのかなって」
あわてて弁明すると、彼はきょとんとして、安心したように息をつく。それから
うーんと考えるように空を見て、ゆっくりとほほえんでから「そうだなあ」と口を開
いた。
「僕が、残したいなあと思ったから」
ふたりの周りを、風が凪いだ。地面に咲いていた花々がやさしく揺れる。
「それだけじゃ、だめかな」
身体が、胸が軽くなる。ふんわりと膨らんでいって、いっぱいになっていく。
――『水嶋なら、絶対記録を残せる』
ふっと、中学のときの陸上部顧問のことばを思い出した。
ジャンプ競技は興味ないかと問われ、試しに跳んでみたときのことだった。思いが
けず跳べて、顧問がえらい乗り気になったのだ。
今は無理でも、高校、大学になったときにはきっと全国大会で活躍できる。そう説
かれた。そして私もその気になった。高校生になったらインターハイに出場しよう。
府でも新記録を残してやろう。そう目標に掲げて、やってきた。
でも、それは諦めた。インターハイにも出てないし、新記録どころか府大会三位で
終わっている。

だめじゃない、と私は言いたかったのに、うまく声にできなかった。代わりに空を仰ぐ。大きくて、どこまでも青い空。耳を澄ませなくとも、鳶の鳴き声も噴水の水音も届いてくる。

朝比奈君も、空を、植物園の木々を眺めていた。「気持ちがいいね」と言ったので「そうだね」と返す。

とてもいい、春の日だった。

「もうそろそろ十二時か」

彼が左手の腕時計を見てつぶやく。細い手首にシンプルな腕時計が似合っていた。

私もスマホを確認する。なにも通知はなく、画面には春に撮った桜の写真と時刻が映るのみだ。

「あ、もしかして朝比奈君ってなにか予定あったんじゃ」

ふらっと現れたとはいえ、長いこと引き留めてしまったのかもしれない。

「ううん、ちょっと植物園に散歩に来てみただけだから」

心配は無用に終わり、ほっとする。

「桜のこと調べに来た？」

「いや、ここにないのはわかってるから」

それもそうだ。毎年来ている私も見たことがない。秋咲きの桜はあるけれど、夏は知らない。

もし今年の七月に突然変異とかで桜が咲いたら、と想像してやめた。タイミングがよすぎてまるで朝比奈君が予知してたみたいだ。

なにげなく、彼を見る。

私の視線に気づいたのか、彼もこちらを見た。

「どうかした？」

そう問われて、私は逡巡してから「なんでもない」と答えた。

たぶん、いやきっと朝比奈君は植物が好きなんだろうとわかる。初対面のとき然り、花壇のとき然り。

七月に咲く桜も、だから探しているんだろう。

それを手伝うのも悪くないような気が、すこしだけしていた。なんにも知識はないけれど。別に彼に気に入られたいとかお近づきになりたいとか下心もない。

ただなんとなく、手伝うよって言ってもいいんじゃないかと一瞬思って。

でも彼の「やりたいかやりたくないか、でしょう？」ということばを思い出して、私は黙った。

やりたくないわけじゃない。

かといって、すごくやりたいのかというと、自信を持って言えない。

そんな中途半端な状態ではやめておいたほうがいいと考えたのだ。

首を振った私をどう思ったのかは知らないけれど、朝比奈君はとくに追及してくる素振りも見せず「そうだ」と話を変えた。

「温室に奇想天外《きそうてんがい》がいるんでしょう？」

まさか超絶長生き植物の名がここで出てくるとは思わず笑ってしまう。しかも「ある」ではなく「いる」だ。

「うん、いるよ。見に行く？」

「ほかにもたくさんの子がいるみたいだし、行きたい」

朝比奈君らしい。

「水嶋さんはお昼は？」

「あ、私は持ってきてる。おにぎりだけど」

植物園のなかには食堂もあるけれど、アルバイトもしていない高校生としては、そこよりほかにお金を使いたい。

「……おにぎりでよかったら、食べる？」

たぶん彼は持ってきていない、というより考えていなかった。そんな気がして思わず提案してしまう。

「いや、水嶋さんのぶんがなくなるでしょう」

「……まあ、たくさんあるから」

「……たくさん？」

「……元運動部、なめないでくれる？」

そこまで言うと、彼は声にして笑い出した。

「あ、一応運動部員たちの名誉のために言っておくけど、すべてのひとが大食いというわけでは」

私がそう追加すると朝比奈君はうんうん頷きながら、水嶋さんは大食いなんだねと笑う。

ほんとうにふしぎなことに、彼に笑われてもいやな気がしない。なんでだろう。事実だからか。

いや、朝比奈君のその顔にマイナスのものがないからかもしれない。屈託のないその笑顔を見てると、恥ずかしいとか情けないとかの感情が消えていって、別に大食いでいいかという気持ちになっていく。

「ありがとう。じゃあすこし、わけてもらおうかな」

ひとしきり笑った彼は、とてもきれいな顔でそう言った。彼にもらわれるおにぎりは、しあわせものかもしれない。

それでも飲み物だけは冷たいのが欲しかったし、場所も日陰を探そうということで立ち上がった。朝比奈君は律儀にレジャーシートを折り畳んでくれる。

水辺横の階段を下りて、噴水を通り過ぎる。沈床花壇はあざやかすぎるほどの花々でいっぱいだった。

目が眩むほど、と思っていたらぐっと腕を引かれた。予想外の力にふらつきそうになるのを耐えると、私が歩こうとしていたところをカメラを抱えた男性がやってきた。抱えたというより、覗いたままだった。大きな望遠レンズが私の行く先を阻んだ。

腕を引いてくれた朝比奈君に礼を言う。あのままではぶつかっていたし、下手したらカメラを傷つけてしまったかもしれない。

男性は私たちに気づかず、鳥かなにかに夢中だった。

「急にごめんね」

と朝比奈君があやまって手を離した。解放された二の腕に、彼の手の触感だけが残る。

「……ありがとう」

そう伝えると彼はちいさくはにかんだ。

そのあと、自動販売機でお茶を買って手頃なベンチに座り、一緒におにぎりを食べた。

「これ……梅干し？」

「そう。もしかして苦手だった？」

そういえば朝比奈君は海外にいたらしいという情報を思い出す。

「ううん、はじめて食べたけど、酸っぱくておいしい」

「ならよかった。ごめん、適当に具材握ったし、どれがどれだかわかんなくて」

私が握ったおにぎりを、彼は大きな口を開けておいしそうに頬張ってくれた。その大口はちょっと意外だったけれど、きらいじゃない。

朝比奈君が一個でいいと言い張るので、むしろ私が残りの四個を出すのはしのびなく、二個で我慢した。そういうところは、もうちょっとわかってほしいけど、まあ高校生だし無理な話かもしれない。

食べ終わって温室に行くと、彼はとてもたのしそうで、どの植物を見ても笑顔で。私ひとりなら十五分ほどで回れる距離を、たっぷり一時間以上かけて歩いていた。目当ての奇想天外――ウェルウィッチアの前ではしばらく動かなかった。でも地を這う干からびかけた昆布にも見えるそれを熱心に観察して、満足そうに頷いていたのを見たら、時間なんて気にならなくなった。それに私は彼に聞いてはじめて、ヤマタノオロチのように伸びるその葉が実は二枚しかないことを知った。

そのあとも植物園のあちこちを見て回って、結局門を出たのは閉園の午後五時。正門から北大路に出て別れ、私は悪くない気分で家路をこいだ。

そういえば桜の話はあれ以降ほとんどしなかったなと、自転車をこぎながら考えていた。

その夜、お風呂を上がってから。

私はスマホで画像共有サービスのアプリをダウンロードしていた。アカウントを持っているSNSもあったけれど、やるなら別がいいと思ったからだ。

アカウントを作ろうとして、名前に悩む。そのあたりにあった本などをぱらぱらとめくって、彼岸花の英名である〝Spider lily〟に決めた。それだけでは使えなかったので、いつも使う数字を付け足しておく。

彼岸花は私の好きな花だ。九月になるといつのまにかぱっと咲いていて、真っ赤で凛としていてうつくしい。曼珠沙華とか幽霊花とか言われて、採ってきたら家が火事になると祖母に怒られた思い出もある。それでも、私は好きだ。

どの絵を最初に載せるかは決めていた。スキャナで取り込んだほうがきれいなのかもしれないけれど、あいにく我が家にはない。どうにかそのままの色味で写真に撮れないか試行錯誤して、なんとか撮った写真を加工することで現物に近づけた。

誰も見ないかもしれない。

それでもいい。

残したいと言ってくれたひとがいるのだから。

それに私も、残したいと思ったから。

私の描いた、シロバナタンポポが投稿される。

後世に、未来に残るといいなと私はそっと画面を閉じた。

するとと代わりのように、朝比奈君の顔が脳裏に浮かぶ。七月に咲く桜を探しているという彼。

そんな桜、ほんとうにあるのだろうか。

わからない。

わからないけれど、あるといいなと思う自分がいてすこし驚く。

一緒に、探したいんだろうか。

手の中のスマホで検索サイトを開いて、【桜　七月】と入力して指を浮かせたまま数秒。そっとスマホの画面を消した。

だってこれぐらい誰だってできる。彼だってすでにしているだろう。

それにそういうんじゃない。きっと。

朝比奈君のあの瞳。

『失ったものは、二度と戻らないかもしれない。でも記録があれば、完全に失うことはない』

あのとき、彼はいったいなにを見ていたのだろう。
ベッドの上に大の字に転がって、思わず笑った。
植物園の木に登っていたけれど、きっと彼は悪いひとじゃない。
でもけっこう、人たらしだ。
あっさり誑《たぶら》かされた気持ちになって、でも案外悪くもなくて、私はそっと息を吐いた。

六月の雨はしづかに君描く

梅雨がやってきた、と思ったら晴れの日が続く。毎日雨よりはいいよね、と言いつつも、一気に上がってきた気温と湿度に辟易する日々。

めずらしく夏乃が放課後に図書室へ行きたいと言うので、つきあうことにした。四月にリクエストしておいた本がそろそろ入ってきているのでは、ということだった。

鞄を持ってふたりで階段を下りる。

「ねえ華」

私を見て夏乃が眉をひそめる。

「なにをそんなにそわそわしてるのよ」

「え、私が？」

意外なことばに聞き返すと「ほかに誰がいるのよ」と冷たくため息をつかれてしまった。

「そわそわっていうか、浮き足立ってる？」

「いやごめんべつに、そんなつもりまじめにない」

「否定のことばがうっとうしい」

すみません、と言ったものの、ほんとうに自分では意識していなかったから、頭をひねるばかりだ。第一そわそわするような要素が今ここにあるだろうか。

「まあいいけど」

はて、と思えど夏乃がそう言って終わりにしてしまったので、私の気持ちは逆にちゅうぶらりんのまま。彼女はすでに我関せずの顔で先を行ってしまった。

追いかけて渡り廊下に出る。水音が聞こえてくる。

ああ、やっぱり彼がいるんだな。

見なくてもわかることに、ひとり微苦笑《びくしょう》を浮かべてしまう。にわかに夏乃が振り返るから、慌てて顔を引き締めた。

渡り廊下をすこし進めば、花壇が見えてくる。

「あら」と夏乃がこぼした声が聞こえた。

いろんな植物が春の日差しをめいっぱい浴びてほうぼうに伸びていたあの花壇と周辺は、ずいぶんとすっきりとしていた。いわゆる雑草は抜かれ（朝比奈君はあんなことを言っていた割に容赦なかった）、残っていた花が丁寧に移植されている。校門近くの花壇を管理しているひとにお願いして分けてもらったという新しい花も、色あいよく並べられていた。

「水嶋さん……と町屋さん」

私が声をかけるより先に、朝比奈君がこちらに気づく。手にはホース。梅雨のあいまとはいえ、水やり中のようだ。草花に降りかかる細やかな水が、しずくとなってきらきらと反射していた。

夏乃は自分の名を呼ばれたことに驚いたようで、目を丸くしてから「どうも」と答えた。とくに親しくもしていないクラスメイトの名前を彼が把握していたことが意外だったのだろう。たぶん夏乃は自己紹介だってしていないはずだ。

「すっかり見違えた」

私が素直な感想を述べると、彼ははにかんだ。

「草むしりに励んだからね」

「おつかれさまです」

「ありがとう」

花壇には鮮やかなカナリアイエローのマリーゴールドがぽんぽんと咲いて並んでいる。

「そのちいさな青い花は？」

「これ？　アメリカンブルー」

「はじめて聞いた」

「育てやすいしグラウンドカバーになるし、いい子だよ」

「たのしそうでなにより」

「うん。いろんな子たちを育てられるのは、うれしい」

つと私の袖が引かれる。夏乃だ。その顔は「どういうことよ」以外のなにものでもない。

「えっと、朝比奈君が花壇を自主的に整えてくれて」

そこまで言うと今度は「そうじゃなくて」という表情を浮かべる。夏乃の視線が朝比奈君を見た。

つまり、花壇と朝比奈君の関係ではなく、私と朝比奈君の関係のほうを訝しんでいる、というわけか。

「そういえば水嶋さん、ここにキュウリグサが生えてて――」

「あ、いや」

しかしそんな夏乃の様子を彼は意に介することなく、話を続けたうえに雑草の話を始めたので、私は慌ててちいさく頭を振った。目で訴えておく。その話はここではできない、と。

夏乃が横目で私を見た気がした。

「あ、ごめん、図書室に用事だった？」

朝比奈君にはなんとなく伝わったらしく、されど下手な弁明をすることもなく話題を変えてくれた。

「うん、ごめん、ちょっと行ってくる」

じゃあ、とお互いに言いあって、行こうと夏乃を促す。夏乃は口をへの字に結んでいたものの、歩き始めてくれた。

水音が背中に聞こえてくる。さわやかで、澄んでいて、透明な音。

その音が、かえってちょっと後ろめたい気持ちを作り出す。

雑草の、植物の話を、私は誰かにしたことがない。

夏乃は小学校のときから、愁平はほぼ生まれたときから一緒の大切な友人だ。それでも話したことはない。

深い意味はない、と思う。ふたりなら「雑草なんて」と馬鹿にすることもないだろう。愁平だったらまあいくらか笑いながら「変わってんなあ」とか言いそうだけれど、あいつならそんなもんだし私も言い返せる。

小学生の時分ならいざ知らず、もう十七になる。幼かったあの頃とは違う。

だからさっきの、朝比奈君の会話を止める必要だってなかったはずだ、と思う。

それでもどうしてか、気持ちがストップをかけてしまった。

夏乃はうつくしいものが好きだ。老舗和菓子屋の娘で、季節感や風土に根ざした土地それぞれの文化を尊重している。そんな彼女に雑草の話なぞできるわけがない、と漠然と感じているのだろうか。

じゃあ愁平は？　小さいとき、鴨川でも植物園でも一緒にかけまわってタンポポやシロツメクサを摘み、遊んでいたのに。

『華って名前なのに、地味なのが好きなのね』

つまらない趣味なんだって思ってきた。地味でなんにもならない、だから話す価値もない。

――でも、今は。

「華」

渡り廊下から図書室のある校舎に入ってすぐ、凛とした声で夏乃に名を呼ばれた。顔を見れば射抜くような瞳でこちらを見ている。

「え、あ……なに」

「ふ、ふふふ……」

しかしなぜかすぐに笑い出した。しかも我慢しきれなくなってついうっかり笑ってしまった、みたいな顔で。

「なにをそわそわしてるのかと思いきや、そういうことなのね」

「は、はい？」

「ああでも、これは愁平がさみしがるわ」

「え？　愁平？」

いきなり話が戻ったと思いきや愁平の名前がでてきてこんがらがる。なにがどうつながったかもわからないし、さみしがるとはなんのことだ。

夏乃の眉がつっと上がった。

「いつのまに仲良くなってたの？」

「……朝比奈君と？」

「ほかに誰がいるかしら」

あーまあいやそうですよねー、という気持ちが私の表面を流れてゆく。

どこから話したものか、と考える。初めて会ったのは桜の木から落ちてきた日だけれど、それに関しては道をたずねられたとすでに説明してある。となると雑草だらけの花壇を眺めた日だろうか。それとも植物園で会ったことだろうか。

「転校してきた日に、花壇にいたのを偶然見つけて」

すこしだけ悩んで、植物園のことはやめておこうと思った。

「それがきっかけで、すこし話すようになったかな」

だいぶざっくりした説明になったけれど、間違いではない。

「教室ではそんなそぶりないじゃない」

「いやだっていまだに休み時間の朝比奈君は囲まれてるし。そういうのめんどいし」

事実を言ったのに、夏乃には「ふうん」とつまらなさそうに相槌を打たれてしまった。彼の周りは常に誰かいるのは彼女だって知っているだろうに。

「朝比奈君、はなが好きなの？」

「はあ？　なんで？」

はながすきなの？という問いかけにおなかの底から疑問符が湧いてくる。それが夏乃は気に入らなかったらしく大きなため息をつかれた。

「……あなたのことじゃなくて、草花の花よ」

「ああ……なんだ、驚いた」

「そこで心底驚いたような顔をするんじゃなくて、すこしはときめくとか頬を赤らめるとかしなさいよ、つまらないわね」

「ええ……なんで夏乃を楽しませることをしなきゃならないの」

「あなたにそういう浮かれた話がないから、たまには楽しみたいじゃない」

高みの見物ですか、と言いたくなってぐっと堪えた。さすがそちらの方面は充実していらっしゃることで。たいして悔しくもないのだけれど。

「で、彼は植物が好きなの？」

今度は言い方を変えてきた。一度目のは絶対わざとだ。

「うん、まあ……好きっていうか」

ふと植物園での彼の姿が脳裏に浮かんだ。めずらしいものもそうでないものも、すべてをうれしそうにたのしそうにきらきらを観察する姿。どの植物だって「あの子」「この子」と語る顔。

「あれは愛してるというレベルかな。植物の名前は全部言えるし、知識も豊富」

私なんかの好きという感情とは段違い。先日の植物園で、数年前の超大型台風により倒れてしまった大木の切り株を見て、泣くんじゃないかと思うほどにせつなげな表情を浮かべていた。

「へえ。なあんだ、詳しいんじゃない」

にたりと夏乃が笑う。

「……なんか勘違いしてない？」

「いいえ、勘違いなんて。それよりも彼がそんなに植物好きなら、植物園でも案内してあげたら？」

すっと笑みを引っ込めた夏乃が今度は優しげな表情で言う。

これはなにか思い違いをしている。おおよそ私と朝比奈君の関係を彼女の言うおもしろいほうへと勘ぐっているのだろうけれど、おあいにくさまである。

「あのね、夏乃、別に私は彼のことをどうこう思っているわけではなくて」

「どうこうって？」

「……だから、別に好きだとか気になるだとか」

「じゃあ彼のことは友だち？　クラスメイトに過ぎない？」

そう言われて、口を閉じてしまった。

恋愛感情的に気になる、ということはない。言い切れる。見た目もいいし人もいいけれど、だからといって惚れた腫れただの言う気もない。

でもただのクラスメイト……では、ない、ような気もする。友だち……と言えるような仲ともちょっと違うような。

振り返って外を見る。でも彼の姿は視界に入らない。

「なんだろ」

「なんだろって、それを私は聞いてるのよ」

「いやそうだけどさ、そんな人間関係ってあっさりしてないでしょ」

「あっさりしたつきあいしか好まないあなたが言える台詞じゃないわよ」

「そんなこと言われましても」

夏乃が大きなため息をつく。つきたいのはこっちだ。

ぐるぐる考えて、この間のことを思い出す。

「……同志？」

口にしてみてすっきりした。彼は私の趣味を笑わない。私の愛でる植物を馬鹿にしない。やりたくないならそれでいいと言ってくれる。

「……なんの？」

「え、ああ、えーと……」

今度は夏乃が心の底から不思議に思っている顔をしていた。でも言いよどむ私を見て「まあいいのよ」とほほえみ出す。百面相か。

「特別なのね」

ふふ、と笑って、夏乃は歩き出してしまった。心なしかたのしそうに。

特別。

そうなんだろうか。たしかに他にはいないという意味では特別かもしれない。

「誘ってみなさいよ、植物園」

明るい声で夏乃が言う。なにを期待しているのか、私は聞こえるようにため息をもらす。

彼と一緒に植物園をまわるのは悪くなかった。時間もかかるしいちいち止まるし、たまに小難しい話も挟んでくるけれど。

梅雨とはいえ、そろそろ紫陽花や花菖蒲が見頃になる。彼の顔を思い出す。

一緒に見てまわるのもいいのかも、しれない。

ふと前を見ると振り返った夏乃がにやにやと笑っていた。私はもう一度ため息をついてみせて、一緒に図書室へと向かった。

次の日には、あの花壇は学校中の噂になっていた。

今まで誰も見向きもしなかった場所が、あちこちで話題に上る。くたびれたベンチもいつの間にか補修されていて、晴れた日の昼休みにはそこでお弁当を食べる人たちも出てきたそうだ。

あんなに雑草が伸び放題だった場所が、今では生徒が時間を過ごす場所になっている。

それに他学年にも朝比奈君のことが広まっているらしく、彼を訪ねに、もしくは眺めにくる女子は増えていた。

「朝比奈くーん！」なんて廊下から黄色い声をあげているぐらいはまだかわいらしい。うるさいけど。

ある日、彼を昼食に誘おうと必死になっている先輩グループがいた。美人だけど派手で有名なひとたちだ。

「花壇の花を見ながら」なんて言ってたけど、彼女らが見たいのは朝比奈君だろう。

朝比奈君は最初はやんわり、やがてはっきりと断ったのだけど、話が通じなかったらしい。

「芽吹、職員室行こうぜ」

さすがにしつこいだろ、と私も思ったところで愁平が助けに入った。あいつはあいつでそれなりに人たらしというか処世術に長けてるので「先輩方すんません、昼休み俺とこいつ先生に呼ばれてて」とかなんとか愛想よく言いながら、朝比奈君を連れ出していった。

ああいうところはさすがだなと思う。ついでに件の先輩方がぶすっとしながら教室を出ていく際に「断られてるのにすがるなんてみっともないですね」とさらっと言った夏乃もさすがだと思う。

美形の苦労を私はわからないけれど、夏乃は身に沁みるほど知っている。つきまとわれたり嫌味を言われたりはしょっちゅうだ。だからなのか「どうせつまらないことあれこれ言われるんだから、私だって思ったこと言うわよ」というスタンスだ。強い。

朝比奈君はどうなのか知らない。変な同情をするのも違うだろうと思う。ただあの花壇に彼が行きにくくなったことは、すこしだけさみしく感じていた。

雨の日の放課後。

ぼーっと教室の窓から空を眺めていた。ほかには誰もおらず私だけ。

陸上部が去るのを待っていた。雨の日は校舎内でジョギングやトレーニングをしてから、体育館へと移動する。陸上部はいつも、この教室から一番近い階段と一階の廊下を使っていた。

べつに黙って通り過ぎればいい。愁平に会ったら「おつかれー」とか言って。

でも気持ちが、逃げてしまった。

グラウンドは無人だ。かわりに、湿気のこもった校内にいつもより多くの音が聞こえてくる。

「ごめんだけど、ほんとうに」

突如、教室の外から朝比奈君の声が聞こえた。廊下のほうを向くと、彼が教室に入ってくるところだった。

その後ろに白岩さんがついてきている。めずらしい組み合わせだな、とちょっと面食らう。彼女はお堅いというか、すくなくともミーハーではなく思えていた。

すると朝比奈君は私に気がついて、声に出さず口だけぱくぱくと動かす。

『たすけて』

その表情とあわせて、そんな風に読みとれてしまった。正解かどうかわからず、ちいさく首をかしげてしまう。そもそもなにがどうなって助けてほしいのかがわからない。

彼はそんな私をどう思ったのか知らないけれど、それでもまっすぐにこちらへやってきた。いや彼の席がこの隣だから、そもそもそのつもりだったのだろう。

「別におもしろおかしく書こうってわけじゃない」

きびきびと歩いてきた白岩さんが言う。彼女が書くと言うならば、属してる新聞部に関することか、と察する。

「女子生徒をターゲットにしてゴシップ的に書いたりもしない。そういうのはどうでもいい」

「おお、言い切った」

彼女のことばに思わず心の声を出してしまい、じっと睨まれてしまう。

しかしそれで私も組み込まれたようだ。朝比奈君は白岩さんとの間に私が入るように立ち止まり、彼女も近づきすぎることはなく距離を保って止まった。

「水嶋さんからも言ってくれる？」

白岩さんに突然そんなことを言われ、いやだからなにをだよ、と今度は心のなかでつっこんでおく。

彼女とは中学から一緒だ。人となりやスタンスも嫌いではない。とはいえ、説明なしに理解できるほど通じ合ってもいない。

状況をわかっていないことに先に気づいてくれたのは、朝比奈君だった。

「彼女が、記事を書きたいって言うんだ」

朝比奈君がため息混じりにこぼす。

「なんの？」

「中庭の花壇のことに決まってるじゃない」

私の疑問には白岩さんが答えてくれた。決まってるのはあなたの頭のなかだけの話で、私はさっぱりですとまた心のなかでつぶやいておく。

でもそれだけでは朝比奈君が助けを求めるほど嫌がる理由がわからない。別に新聞部の記事になるぐらいいいんじゃないか、と個人的には思ってしまう。今じゃ話題のスポットなわけだし。

「花壇が整えられて周囲に及ぼした影響は大きい。そのポジティブな部分と植物の大切さをあわせて、記事にしたいの」

彼女は私の目を見てきっぱりと言い切った。相変わらずどこまでもまっすぐだ。

「……別にそれは悪くないんじゃ」

朝比奈君をうかがうようにそう言ってみると、彼は困った犬のような顔をした。

「インタビューを載せたいって言うんだ」

「朝比奈君の？」

「そう」

「つまりそのインタビューが嫌だと？」

はっきり言った私に、彼は曖昧に頷いた。

「えぇっと、白岩さんは朝比奈君のインタビューを、たとえば写真付きとか名前を出して記事にしたいってこと？」

「ええ。だって彼の功績だから」

彼が花の手入れをしている写真がいい、と彼女は続けた。

なるほど、彼女の言い分はわからなくはない。人気取りみたいな記事にするつもりもないと言うし、彼女のことだから至極まじめな記事なのだろう。

けれど朝比奈君は断りたいと。

彼のほうに顔を向けると、まだ困惑犬だった。

私におそらく助けてと言うほど、彼は困っているし、譲歩もできないことなんだろう。どうしてそれほど、とは思うけれどそこはまあひとそれぞれなんだししかたがない。

記事を書きたい白岩さん。

インタビューは嫌な朝比奈君。

私としては、めいめい思うところがあるんだろうから、どっちの意志も尊重してあげたい。こういうときにいちばんダメなやつだ。いや、嫌だと言うことを聞き入れない白岩さんのほうが私のスタンスからは遠い気もする。

ふたりの顔を交互に見る。

「白岩さんが書きたいっていう記事は悪くない、というかいいと思う」

どっちかを選ぶ、というわけじゃない。選択はめんどくさい。でも自分が心地悪くないほうを私は行きたい。

「でも強要してまでやり通そうとするのは白岩さんが目指すところとは違うんじゃない？　私の漠然としたイメージだけどさ」

白岩さんの顔がきゅっと寄った。ショックだとか信じられないと呆れてる顔じゃない、言われたことを咀嚼している顔だった。

「……たしかに」

たっぷり一分間ぐらいはそうしてから、彼女が口にした。

「申し訳なかったわ、朝比奈君。つい自分の気持ちばかりになった」

こういうところ、きらいじゃないんだよなあと彼女の表情を見て思う。聡明でいて、潔い姿をたまに見てきた。そのたびにかっこいいというか、すごいなと感心してしまう。彼女は判断がはやく、謝罪も感謝も臆することなくすぐ口にできるひとだ。

「いや、僕こそ申し訳ない。白岩さんの熱意はわかるし、君の書くものはきっと興味深い記事なんだろうとも思う」

対して朝比奈君も彼女の強引さを責めたりはしないどころか、その意志は尊重している。

いい仲裁をしたな、としみじみする。いや私の提案がすばらしかったとかではなく、話のわかるふたりでよかったなという点で。

「でも記事は書くから。放置されて荒れ果てた場所が整ったということから語れることは大きい。ただ朝比奈君の名前は出さない」

「うん、その記事は僕もぜひ読みたい」

きっとちょっとすれ違ってしまっただけで、案外話の通じる相手同士なんだろう。和解に終わり、白岩さんは教室を出ていった。部室に行くのだろうか。颯爽と歩く姿は彼女の人となりをよく表していた。

「ありがとう」

ふたり残った教室で、彼の安堵した声が消えていった。

「というか巻き込んでしまってごめん」

振り返ると今度はしょぼくれた犬がいた。思わず笑いながら「いいよ」と言ってしまう。

「やりたくないことはやらなくていいんでしょう?」

私が言うと、彼はようやく背筋を伸ばした。

「どうしてそこまで、って思う?」

「いやあ、どうだろう。写真撮られるのが嫌だってひと、結構いるし」

「ああ、そうだね」と彼がこぼした。彼の向こう側、窓の外は雨が音をたてて降っている。

薄いグレーの空。まだ日暮れには遠い。

私の視線が外を向いたせいか、彼も半身窓辺に向かう。

「……残りたくないんだ」

そんな声が聞こえた気がした。かすかで、雨音にさえ負けそうで、ほんとうにそう言ったのかもあやしい。

だけど彼の横顔が、伏せがちの目が、ここではないどこかを見ている気がして、聞き直すのは憚られた。

「木から落下したときといい、今といい、君には頼んでばかりだね」

しかしそんな表情の彼はすぐにいなくなり、照れたようなはにかんだ顔を見せる。

「別に、頼まれてばかりってわけでも」

実際、なにかだいそれたことをしたわけでもない。さっきのことだって、あの雰囲気なら私がいなくたって解決していた気がする。木から落ちたことも、兄には話したあとだったけれど、まあ誰に言ったところで、って感じだろう。

「返せるものが、なにもなくて」

眉尻を下げた朝比奈君が言う。

「いやいや、そんなの別にいいし」

そう言ってからふと、夏乃のことばを思い出す。

「じゃあさ、今度また植物園に行こうよ」

べつに、デートの誘いとかじゃない。

「植物園に？」

「うん。その……私の趣味って誰にも言ったことがなくて」

「雑草の絵を描くこと？」

「そう。だから、話ができるのが、楽しいなあ……と思いまして……」

そこまで純粋な気持ちで話しておいて、なぜか急激に顔が熱くなってきた。いや、ここで照れるとか勘違いしか生まないから落ち着け自分、と言い聞かせる。

しかし朝比奈君がその私の妙な照れに気づいた様子はない。やわらかい笑みを浮かべて「もちろん」と答えてくれた。

「というか僕と一緒に行ってくれる、というだけでうれしい」

そのうえ臆せずそんなことを言うから、落ち着きを取り戻せなくなる。

「だいたい僕とあいうところに行くと、時間はかかるわ熱心に観察して語り出すわで辟易されてね」

ところが続いたことばに、そっちかーという内心つっこみが発生して、笑ってしまった。

「ああ、わかる」

「違う違う、嫌じゃないから。私はそこまで詳しくはないけれど、でも好きだよ、好きなものに熱心になれる姿って」
「え、嫌なら無理に」

そこは照れることもない素直な気持ちだった。前回、彼が植物園で見せたあの姿は悪くなかった。ついていけないとか話がわからないとかそういうのはむしろどうでもいい。全身全霊で好きっていう気持ちが伝わってくることが好ましかった。
「……ありがとう」

朝比奈君がそう言う。その顔は、うれしそうに笑っていた。

窓の外は相変わらず暗い。きっと夜まで降り続けるんだろう。雨足も強くなっているし、このなか帰るのはだいぶ濡れるだろうなあと予想がつく。

それでも、ちょっと気持ちは軽かった。

いや、正直言って、明るかった。

＊

「きちんと身なりを整えて行きなさいよ」

身なりを整えろ、という夏乃の表現が好きだ。おしゃれしろだとか女の子らしい服装にしろだとかは言わない。

ところが、土曜はあいにくの雨だった。昨日まではなんとか降らなかったのに、と思うけれど天気のことだからしかたがない。

あいにく、雨では身なりを整えるにも悩むほどのバリエーションを私は持ち合わせていなかった。

ほんとうは朝起きて外を見たとき、また今度にしたほうがいいのではないかと考えもした。ものの、ふと気づいた。

朝比奈君の連絡先をいっさい知らないことに。

となると行かないわけにはいかない。自転車をやめてバスにして、最悪濡れてもいい格好にして向かおう。そう思うと、いくら整えてもカジュアルな散策仕様にしかならなかった。

まあいい、別にデートじゃない。

そう思って鏡の前に立ってみたけど、化粧もしないからいたって普段通りの、特別感もなにもない私がそこにいただけだった。

なんとなく、いつもは櫛を通すだけの髪を、ハーフアップにしてみる。無造作ヘアとかわけわからんし、ヘアアクセサリとかも最近買っていない。かろうじてたいして使われずに置かれていたヘアクリップでそれっぽくしておく。

鏡のなかの私が、ちょっとだけ、変わった。

「よし」

思わず声が出て笑ってしまう。なんだかんだで気合いが入っている私がいるようで、はがゆさもある。

雨用のシューズを履いて玄関を出ると、しとしとと小雨が降り続けていた。


十三時、正門前。

その約束の十分前に私は植物園に着いたのだけど、朝比奈君はすでに約束の正門前にいた。透明のビニール傘をさして、白い綿のシャツを腕まくりして。私の姿を見つけると、やさしくほほえんでくれる。

「はやいね」

言いながら駆け寄る。

「実は午前から来てて」

すると彼ははにかんでそう答えた。

「え、そうなの」

「ちょっとあちこち観察してた」

それなら約束も午前からにしたのに。

そう言おうとして、いやそうじゃないと言いとどまる。

「じっくり観察できた？」

「したけど、ここの植物園は広いから」

まだ足りない、そう言いたげな顔をする。

それでも朝比奈君は約束の時間前に門の外に出てきて待っていてくれた。

それでいいんだ。

「じゃあ入ろうか」と促して正門を通る。雨が降っているからか、土曜といえど人はすくなく思えた。普段はちいさな子どもたちでいっぱいの遊具も、今日は雨に濡れているだけだった。

どちらからともなく、右の道へと歩き始める。

雨音が傘にはねる。舗装された道にみずたまりはさほどない。空は薄暗く、目に入る風景も全体的に、グレーがかって見えてしまう。

それでも、あふれる木々や花々は、鮮やかだった。

バラはもうすこししたら咲き始めそうだ。その先の花壇にはヒマワリが育っている。いずれ二メートル近くになる彼らは梅雨明けを待ち望んでいるだろう。

「夏の日差しが恋しいだろうね」

そんなことを思っていたら、朝比奈君も同じことを言うので笑ってしまった。いや、どちらかというと私が感化されているのかもしれない。

あじさい園は、まだ見頃には早かったけれど、ぽつぽつと空色や桃色のところもあって曇り空の下なのに澄み渡っていた。中央の池に暮らす蓮の葉には雨粒がころころと玉になって転がっていて、きらきらしている。

傘を並べてゆっくりと歩きながら、花にとどまらず木々や何気ない草を見ていく。

朝比奈君はどれも愛おしそうに見つめていたけれど、私から聞かない限り草花について語ったり知識を披露したりすることはなかった。

「朝比奈君ってほんとうに植物を愛してるよね」

揶揄するつもりもなく私がそう言ったのは、ガウラという名のかわいらしい花を見ているときだった。淡い桃色の花だから山桃草、咲いている姿が蝶に似ているから白蝶草という別名がついてて、それもまたかわいらしいし名付けたひとはセンスがいいよね、という話をしていた。

植物に詳しいひとなら、ほかにもごまんといるだろう。でも育てられた花にも、その脇でひっそり生きる雑草にも、同じようにやさしく語りかけ我が子に向けるようなまなざしを注ぐひとは、私の周りでは見たことがない。似たようなひとなら別ジャンルでテレビで見たことがあるような気がするけれど、つまりはテレビで紹介されるようなタイプの人間なのだろう。

ただそれがおかしいだとか変だとか、そんなことはいっさい思っていなかった。

朝比奈君は私のことばに照れたように笑いながら「そうだなあ」と傘越しに空を仰いだ。

「生まれたときから、植物に囲まれてたからかな」

「家が花屋とか？」

「いや、単純に両親が植物好きで、家に温室があってね」

「え、温室が」

温室、と言われて私が思い浮かべるのは植物園のそれだ。あんなのが家にあるのかと驚いて、いやさすがにそれはないかと冷静に判断する。

口には出さなかったけれど、朝比奈君には私の考えていたことがわかったらしく、笑われてしまった。

「そんなに大きくはないよ。でもそうだな、子どものときにかくれんぼできたぐらいには広い」

そう言われて次に思い浮かんだのは、母方の実家にある蔵だった。ものすごく田舎で、蔵が小さめの一軒家ぐらいあって、兄やいとこたちとかくれんぼをして遊んでいたのを思い出す。

「いや結構でかいよね」

「……でかい、かも」

彼も温室のサイズを改めて思い出していたのか、目を伏せぎみに同意した。

「温室かあ、すごいね。出会うもなにも、すでに向こうがいたわけだ」

「あはは、たしかに。小さいときは葉をむしるわ花を食べるわで大変だったと母にはよく言われたけれど」

「それは親御さんの語るうちの子かわいいエピソードってやつですね」

「いやあ、どうなんだろう。一度どうしても気になってつぼみを解体したら父に激怒されたことがあるよ」

「……なんの花の?」

「……月下美人」

ばつが悪そうな顔で言う答えに、私は笑ってしまった。

「あー、そりゃ怒られるやつですわ」

「今なら僕もわかる……でも気になる気持ちもわかる」

「あれ、でも月下美人ってたしか、年に一度しか咲かないってわけじゃなかったよね?」

「うん、しっかり育ててあげれば二、三ヶ月後にまた咲いたりするね。でも父はその花を食べるのを楽しみにしていたから」

「え、月下美人の花って食べれるの?」

「食べれるよ。ちょっとねばりがあるかな」

知らなかった、と驚くと、朝比奈君はほほえむ。

「機会があったら食べてみて」

「いやー、育ててないし機会がまずなさそうだな」

考えてみれば、たしかに食用の花はいくつもある。最近ではエディブルフラワーというのもよく聞くし、華やかに飾りつけられたスイーツなんかも見たりする。

夜に咲き始め朝にはしぼんでしまう。たった一晩しか出会えない貴重な花だとばかり思っていた。

まだまだ知らないことがたくさんだな、と温室の昼夜逆転室でたまに出会える月下美人を思い出していると、朝比奈君がものすごくやさしい笑みをたずさえてこちらを見ていることに気づいた。

「どうかした?」

あまりにも慈愛に満ちていて、菩薩かなにかですかと言いたくなるような雰囲気だったので、ちょっと後ずさってしまう。

「すごくたのしそうにしてるから。一緒に来て、よかったなあと」

けれど彼のことばに、後ろに向いていた気持ちはふっと止まった。

「たのしそう、にしてる？」

「うん。とてもいい顔をしているし、なにより雰囲気がね、雨のなかでも明るくて」

満開に咲く花にもきっと負けてないよ、と朝比奈君は続けた。

恥ずかしげもなくさらりとそんなことを言う。そのせいでくすぐったいような、ふわふわしてしまうような、ぽっと胸のなかでなにかが花開いたような、あたたかい気持ちがわいてきてしまって、ことばにつまる。

傘を傾けた。雨のしずくがその先からぽたぽたと落ちてゆく。

朝比奈君といると、知らない世界が広がってゆく。それは植物の世界というとても限定されたものかもしれないし、私もすこしは知っていた世界だ。でも、まだまだ知らないことがたくさんあるんだと思うと、その果てしなさに、裾野の広さに、怖さよりも興味のほうが打ち勝つような気がする。

そしてきっとそれは、広げてくれるのが彼だからなのかもしれない、とひそかに思う。

朝比奈君は自分の好きなものを隠さない。私がいることなんて忘れて植物に熱中してしまう。他人がどう思おうとかまわない。それに彼は私を、周りを否定しない。

たぶんそこがいちばん、一緒にいて心地いい。

だから今、私は彼とここにいる。

雨の植物園は、しずかだった。

すこし休憩しようと、北山門のカフェに入った瞬間、音の多さに驚いたほどだ。植物園の外からも中からも入れるこのカフェは、雨なんて関係なく席はほとんど埋まっていた。

私はティラミスとミルクティーを、朝比奈君はカフェラテを注文する。窓際から離れた席だったけれど、植物縁側の窓には雨に濡れる葉桜がよく見えた。

「春は、きれいだろうなあ」

同じく窓の外に視線をやっていた朝比奈君がちいさくこぼす。

「満開になるとね、地面まで桜色だからすごくきれいだよ。ただまあ、人も多いけど」

「お花見、だっけ」

「そう、その頃はライトアップもやってて、夜も入れるし……きれいだけれど、どこを見ても人、人、人、だとちょっと疲れるかな」

「ああ、それは確かに」

でも、と彼は続ける。

「咲いてるの、見たかったな」

青々と茂る葉を見つめたその横顔が、どこかさびしそうに見えた。

「また来年見に来れるよ」

あれ、と思いつつ私が言うと、彼は外を見たまま、かなしい目をして笑った。

「うん、そうだね」

その声が、消えてしまいそうに軽いのに、耳に残った。

どうかした？と聞いてみたくて聞けないうちに、テーブルには注文した品が運ばれてくる。湿気をはらんだ暑さに疲れたのもあって、つめたい紅茶を頼んでしまったけれど、いまはすこしだけ、あたたかいものが欲しい気がしていた。

「そういえば、絵のほうはどう？」

カフェラテに口をつけた朝比奈君が、さきほどまでの憂いなんてなかったような顔と声で聞いてくる。

「え、ああ……あれか、アカウントはとって、たまに投稿してる」

「そうなんだ、よかった」

「うーん、どうなんだろう。わかってはいたけど、反応ないからな」

「いい絵だと思うんだけど」

「芸術的な視点は持ち合わせてない、って言ってたのに」

私が笑いながらつっこむと、彼はぐぬう、といった顔でことばにつまってしまった。

「いいんだ、ほんとう。残ってれば、そのうち誰かが見つけるかもしれないし」

走り高跳びで残したかった『記録』とは違う。

でもいつか塗り替えられるであろうそれとは残す意味そのものが違うだろう。

「うん」と彼は頷いて、私をまっすぐ射抜いてくる。

「僕は、見つけるよ」

その瞳が強い光を浮かべていて、やわらかさよりも真摯さのある顔で、私は返事に困ってしまった。冗談を言ったり、笑い飛ばしたりしていい表情じゃない。どうしてそこまで、とも思ったけれど、それを聞くのはなぜか怖い。

「うん」

結局、それだけが口からこぼれた。ごまかすようにティラミスを口に入れると、甘くてほろ苦くて、胸がすこしだけきゅうっと鳴ったような気がした。

そのあとはお茶をしながら他愛のない話をたくさんした。ちいさいころ道に生える草花を追い求めるあまりしょっちゅう迷子になっていた朝比奈君の話とか、自由奔放な両親と兄に囲まれて育った私の迷惑話とか、去年この植物園で咲いたショクダイオオコンニャクの話とか。ショクダイオオコンニャクは朝比奈君も開花したのを見たことがあるらしく、死体花とも呼ばれるあの独特で強烈な匂いをふたりでちいさく笑いあった。

あっという間に四時になる。閉園は五時だから、そろそろ行こうかと席を立つ。各々会計を済ませ、私のバスのこともあって園内を通って正門まで戻ることにした。

外に出た際、一度スマホを確認すると愁平と夏乃からメッセージが入っていた。あとで返信すればよかった内容なのでそのまま画面を閉じる。

傘をさして待っていてくれた朝比奈君が「大丈夫？」という顔をしていた。

「明日、陸上の大会があるから、その連絡」

傘をひろげて私が言うと、彼は「ああ」と頷いた。

「愁平の応援？」

そう、と言う前に、おや、と気になる。

「いつの間にか仲良くなってる」

「境君って呼ばれるのは慣れないから、愁平って呼べ、と」

「あー、あいつならそう言いそう」

「水嶋さんも仲がいいよね」

「いや、私のは違う。腐れ縁なだけ」

「でも腐っても縁でしょう？」

「いやいや、腐っても鯛みたいに言わないで」

私が手を振りながら言うと、彼は笑ってくれた。

「うーん、ていうか私のことも華でいいよ」

「いいの？　じゃあ僕のことも芽吹で」

傘越しに並んで、雨なのに明るい雰囲気で、互いにそんなことを言い合う。

気恥ずかしさや戸惑いもなく、自然とそんな話をして、すんなりと受け入れられる。

芽吹、芽吹君、と口の中でつぶやいて、後者のほうがしっくりくるかな、と私は思いながら歩いていた。

北山門から正門まではあっという間だった。

「バス停まで送るよ」と朝比奈……芽吹君が言ってくれたので、お言葉に甘えることにした。といってもたいした距離ではない。賀茂川横のけやき並木を歩いて北大路通りまで出ればすぐそこだ。

他愛もない会話をしながら歩いていると、ふいにあの甲高い音が聞こえてくる。

車のブレーキ音。

思わず、身体がぎゅっと固くなる。

傘が落ちそうになって、芽吹君が立ち止まる。

息が止まる。心臓が痛いぐらいに早鐘を打つ。

ほんの一瞬。

目の前で事故が起こったわけではない。ただ道行く車の音が聞こえただけ。

なのに私の身体は、私の言うことを聞いてはくれなかった。

「水嶋さん、だいじょうぶ？」

芽吹君の声がぼんやり聞こえる。でも彼が焦っているのはその顔でわかる。だいじょうぶ、そう言おうとして口を開いたものの、声が出なかった。

「どこか、休むところ……」

そう彼はあたりを見回したけれど、あいにくの雨だ。河川敷にベンチはあっても座れない。

「だ……だいじょう、ぶ。すこし、だけ……」

なんとか出た声で必死に訴えると、彼は頷いてくれた。

背中に、温かい手が添えられる。ゆっくりとさすってくれる。

深く息を吸って、吐いて。繰り返しているうちにだんだんと身体も心も落ち着いてきた。

「ごめん……ありがとう」

「無理はしないで」

そう言いながら離れていった芽吹君の腕が、雨に濡れていた。

情けなかった、自分が。

死にそうになったどころか、大怪我すらしていない。事故には遭ったけど、もう平気なはずだ。

なのに、たった、あれだけで。

「ほんとごめん、もう平気」

そう、だいじょうぶだ。そう自分を奮い立たせて精一杯笑う。

なのに芽吹君の顔は、ちっとも笑ってくれなかった。

彼は私がなにに反応してしまったのか、気づいているのだろうか。頭のよい彼のことだから、気づいているんだろう。

「違うの、別にトラウマとかじゃない」

言い訳のように勝手に口が動いた。

「たいしたことなかったし、車が怖いとかそういうのもないし」

気まずいのもあった。変なところ見られてしまったという気恥ずかしさも。

「ちょっと、びっくりしただけ」

早口で、まくしたてるように。滑稽なほど、必死に。

そんな私の背を、もう一度芽吹君の手が撫でた。

「いいんだよ、怖がって」

ほほえみもやさしさもない、誠実な表情で。

「恐怖から逃げようとしなくていい。怖いなら、怖がっていい。だいじょうぶ、そばにいるから」

ああ、と声にならない声がもれた。

胸の奥からせり上がってくるようなものがあって、でも表には出したくなくて必死にこらえる。

それでも、ようやく身体の力が抜けたような気がした。

背中をさする手が温かい。

それ以上なにも言わないでいてくれる彼の気持ちがありがたい。

怖がっていい。怖がっていいのか。

どうして今までそれを自分に許さなかったのだろう、と思うほど単純なことかもしれない。

でもようやく今、私はそれを許せた、のかもしれない。

同時に怖いものを怖いと認めたところで、私のなにかが変わるわけでもないということも知った。

どれぐらいそうしていたのか。

「ありがとう」

今度こそ、心の底から本音でそれが言えた。

だいじょうぶ、とは言わない。言えない。

でもちょっとだけ、楽になった。

芽吹君は「うん」とだけ言って手を戻す。

彼の顔を見ると、やさしく見守るように笑ってくれていた。

「かっこわるいよね」

私が言うと即座に「とんでもない」と返ってくる。

「事故に遭ったんだからトラウマになって当然だ。身体だけじゃなく心もケアして……なんて言われたりして、いやべつに平気だしよけいなお世話だし、とか今まで思ってた」

息を、大きく吸う。

「平気じゃなかった」

口にすると、さっきよりもさらにすっきりした。

「そう言えたなら、きっと、だいじょうぶ」

芽吹君がそう言ってくれる。うん、そうかもしれない、と素直な気持ちになれる。

これで万事解決、というわけじゃないだろう。あの夢はまた見るのかもしれない。

それでも、一歩でも半歩でも、前に進めたような気がする。

彼が、芽吹君がいてくれたおかげで。

「今日はありがとう」

もう一度伝える。

「ううん、こちらこそありがとう」

だいぶ弱まった雨足が、うすい水の膜みたいに彼を包んでいた。

彼の手のぬくもりが、いつまでも背中に残っているような、くすぐったいような、そんな気持ちになりながら、私は芽吹君と一緒に帰り道を歩き出した。

＊

昨日のことが嘘みたいに晴天だった。夏乃と待ち合わせをし、阪急電車に乗って西京極にある運動公園まで行く。

去年はこの日、私は出るほうでここにいた。今年は見るほうでここに来た。

「一年が早いわ」なんて夏乃が年寄りじみたことを言う。

彼女は去年も応援に来てくれている。まだつきあう前の恋人と一緒で、部員みんなにと飲み物や食べ物を差し入れしてくれた。友人の友人が出ているだけの大会にわざわざ来てくれた恋人は、静かながらも私たちにすら丁寧で、そりゃ夏乃が選ぶわけだわと愁平とうなずきあったのを覚えている。今年は用事があるらしく（私に気を遣ったのかもしれないけれど）一緒ではない。

「もうすこし渋るかと思ったけど、案外あっさり来たわね」

夏乃が歩きながら言う。

「……渋る、とは」

「さらっとやめた部活じゃない。気まずいとかないわけ？」

「さすがさらっと言いますね。平気です」

「さすがメンタル強めね」

「メンタルが鋼な夏乃さんには言われたくないです」

たしかに事故に遭ったあと一度も行かずにやめた。顧問と部長には挨拶したけれど、部活には顔を出していない。

事故でメンタルを崩した、と勘違いして遠慮しているのか、とやかく言ってくるひとはいなかった。塚本さんをのぞいて。

それに部活に参加するわけではない。遠くから応援するだけ。愁平には声をかけようかと思うけど、部員の待機エリアに近づこうとは思っていなかった。

競技場に入ると、すでにトラックもフィールドも競技が進んでいた。愁平が出場する男子百メートルはすでに予選は終わり、もうすぐ準決勝が始まる。愁平の実力なら予選を突破できるのはわかっていたから、夏乃とはやめにお昼を食べてから来たのだ。

愁平の目標は決勝進出。去年は準決敗退だったから、今年こそいけるといいなと、そこだけは心から思う。

女子走り高跳びは初日である金曜に終わっていた。私たちが跳んでいたあの場所は、今日はなにもない。金曜の夜に愁平から記録を見るかと連絡がきたけど断っていた。見たところでなんにもならない。私は、もう競技から離れた人間なのだから。

私たちの座ったところからすこし離れて、制服を着た白岩さんの姿を発見した。ほかにもうちの学校の制服の子が何人か一緒だったから、新聞部の取材なのだろう。

そのほかにも、校内で見かけたことのある顔をちらほらと見かける。なかには愁平の話をしながら通っていく女子グループもいて、あいつがモテるなんてねえ、と内心ため息をついてしまう。

「そういえば昨日、どうだったの？」

日差しを気にするように目を細めて、夏乃が口を開く。

「雨だったじゃない、なしにした？」

「いや、行ったよ」

あら、と彼女がこちらを見て目をぱちぱちとさせる。

「……なにもないから」

「そう言うわりに、笑顔ね」

「へ？」

「いいの、いいの、そうやっている間も楽しいからね」

いやいやなにを勝手に話を進めなさる、と抗議しようとしたものの、よけいなことは言わせないわ、とばかりに夏乃の手にある扇子で口元を押さえられた。

「もしほんとうに縁があったのなら、他人にとやかく言われなくても納まるところに納まるわよ」

そんなふうに自信たっぷりに言われてしまう……が、それはほんとうに独り合点というか思い違いというやつで、勝手に話を進められても困る。

まあただ、彼女はそれが「納まる」と言っているだけで、よいほうなのかそうではないのかまでは言及していない。たのしそうにほくそ笑んではいるものの、そういうところは夏乃らしい。

「先に女子なのね」

扇子で首もとをぱたぱたと仰いでいた夏乃が言う。私もスタート位置のほうに向きなおると、一組目の五レーンに塚本さんの姿を見つけた。

彼女の専門は二百メートル。ただ愁平曰く昨日のレースは記録がふるわず準決勝で最下位だったそうだ。それでも百の予選は突破しているのだからすごい。

がんばれ、と思う。たとえ嫌われてたって。

一年足らずだったけれど、一緒に練習して走ったひとなのだから。

アナウンス後、スタートの号砲が鳴ってゴールするまで、あっという間だった。ただそのわずか十三秒ほどのあいだを、彼女たちは必死に走る。風のように、風を切って。

塚本さんは四着だった。決勝には各組の上位二着とタイムの上位二人が進出できる。全三組、電光掲示板に表示されたタイムでは難しいだろうな、という結果だった。力んでいた。むだに。だからスムーズに体が動かず、気持ちとばらばらになってしまう。

去年の自分を思い出す。途中までは絶好調ともいうぐらいすべてがよかった。リズムよく走れ、踏み切った瞬間の身体は空に飛び込めそうだった。マットに沈む体も軽い。これなら自己ベストが出せそう、と気持ちも盛り上がっていた。

でもその気持ちがやがて妙なプレッシャーに変化して力が入ってしまい、踏み切りも合わず、跳んでも体がいつまでも地面に残っているような感覚で散々だった。

結果、三位。三位なんてすごいと褒めてくれるメンバーもいた。でも私は納得できなかった。自己ベストにすら届かなかった。

自己嫌悪に陥った私を「もっと跳べたはず」と叱咤激励してくれたのが塚本さんだった。

そんな彼女に、今私はなんと声をかけるだろう。

記録を見てしんどそうな表情を浮かべたままの塚本さんは、コースに一礼して消えていった。

そのあとの二組も何事もなく終わっていった。そこからすこし時間があいて、男子の百メートル走が始まる。

愁平は二組目の四レーン。こちらも決勝進出できるのは女子と同じラインだから、なんとしてでも三着には入りたいところだ。

「さて、今年はどうかしら」

夏乃はゆったり構えている。彼女は応援といっても声援を送ったり手を振ったりしない。それでも、去年スタンドに夏乃の姿を見つけるとうれしかった。

愁平も同じようで、レーンに入る前に私たちを見つけて手を挙げてくれる。その顔は笑顔で、リラックスして見えた。

「決勝、いけるといいね」

「絶対いける、とは言わない華が好きよ」

「現実派なものでして」

「すこしは夢や理想を語ったって罰はあたらないけどね」

そんな会話をしていると、選手たちがスターティングブロックに足を乗せだしていた。

ここからスターターが合図するまで、静寂が競技場を包み込む。

ほんとうはいろんな音がしているはずなのに、どうしてかあの一瞬、ほかの音がなにも聞こえなくなる。選手たちの集中力が周りに伝わってしまうのだろうか。跳躍競技にはない、短距離のこの時間。

パァンという破裂音とともに、一斉に走り出す選手。愁平のスタートは悪くなかった。ただしレーンの中央三人はほぼ横に並んでいる。

あっという間に目の前にやってきて、背中ばかりになる。必死に、風を切って全員が駆け抜けてゆく。

たった、十秒とすこしの争い。

愁平は二着争いをした結果、三位だった。夏乃の眉根が寄っている。表示されたタイム的には悪くない。

「微妙なラインだね」なんて言っていたけれど、タイムで負けてしまって、今年も準決勝敗退だった。

ああ、とため息がもれた。愁平が努力しているのはずっと見てきていた。足が速かっただけの小学生のときから、どうやったら速く走れるのか研究している今まで。

でもその努力が無駄だったわけではない。立ち向かった結果、届かなかっただけだ。

日陰に移動して水分補給をしてから、夏乃と一緒に愁平のもとへ行く。去年もこっちのエリアにうちの学校はスペースをとってたはず、と近場に向かうとその途中でダウンから帰ってきた愁平と出くわした。

「よう、華と夏乃。来てくれてありがとな」

「おつかれ」

「おつかれさま」

その顔は明るく、さっぱりとしていた。目標が達成できず悔しいというよりも、やりきった気持ちのほうが大きいのだろう。

「惜しかったね」

「まあな。最後焦ったのが悪かった」

たった十秒ほどの世界で、彼らはなにを見て、なにを思って走っているのだろう。きっと私には見えないしわからない。でも愁平にだって、私が見ていた世界は見えない。私も、もう二度とあの風景は見ないだろう。

夏乃も過剰な励ましはせず、差し入れに持ってきていた葛ゼリーを渡していた。彼女の家の店の夏限定商品だ。私も去年は悔しがりながら食べたなあと思い出す。帰りにお店によって買って帰ろう、と考えていると「華のぶんは店で冷やしてあるから」と言われてしまった。「ありがとうございます」と丁寧に頭を下げておく。

「冷えてんのうらやましいな」

「愁平もまた店に来なさいよ」

「そうだな、今度また行くか、華」

「ええ……愁平と一緒に行くの……」

「なんでお前は俺に冷たいんだよ」

そう笑いながら、愁平は袋に入っていた保冷剤を「きもちー」と言って首の後ろに当てている。ちょっとその保冷剤がうらやましくて「貸して」「貸さない」を繰り返していると、

「あら、朝比奈君も誘えばいいじゃない」

と夏乃が唐突に言い出して、私は「はい？」と彼女の顔をまじまじと見つめてしまった。

「芽吹？　なんで？」

愁平が純粋な疑問の表情を浮かべる。

「華がなかよしなのよ」

「……へえ、知らなかった」

「いやいやいや、夏乃さん、なにを勝手に――」

「愁平だって親しくしているみたいだし、いいじゃない。三人でおいでなさいよ」

おいでなさいよって、とため息をつきたくなっていると、愁平が妙な目で私を見て

いることに気づいた。なんていうか、むっつりした表情を浮かべている。

「なによ、愁平」

私が言うと、今度はあからさまなため息をつかれる。

まじでなんなんだ。夏乃は愉快そうにくすくす笑ってるし。

「じゃあ三人で行くか。和菓子喜ぶと思うよ、あいつ」

しかし愁平は私の問いには答えず、いつものようなフラットな態度に戻ってそう言った。

「なら決まりね。華、朝比奈君にも予定聞いておいて」

そうなるとするするっと話がまとまってしまう。さっき他人にとやかく言われなくてもなんたらかんたら言っていたくせに、いささか強引ではなかろうか。

「愁平も誰か連れてきてもいいのよ」

「誰かって誰だよ」

「気になるひと、とか」

「……いるかよ、そんなやつ。てか夏乃、性格悪すぎだろ」

「あら、お褒めにあずかり光栄だわ」

ため息をつきたい気分の横でふたりがそんな言い合いをしているときだった。

「辞めたのに見に来たの」

背後から尖った声が聞こえ、振り返る。

振り返らなくたって声の主はわかっていたけれど、その目があまりに冷めていて、すこしだけ、ほんのすこしだけ、胸が痛かった。

「おつかれさま」

嫌われてるのも、その理由もわかっている。私はあっさりやめた負け犬だ。だから反発する気持ちもない。私はいつもの声で、それだけ言った。

出会ったタイミングがまた悪い。せめてここに愁平がいなかったなら、彼女は私のことを無視するだけだったかもしれないのに。なんて言ってもしかたないけれど。

夏乃もなんとなくそれらは察しているのだろう。よけいなことも言わず、いつもの表情で塚本さんではなくその後ろあたりを見ていた。

「俺が誘ったんだ。それに部活をやるかやらないかと、陸上を好きかどうかは別の問題だろ」

だというのに、よりによって愁平が口を開いてしまう。しかもその言いぐさがどうにもいけない。その通りだし私だってそう思うけども、今、ここで、君がそれを言うのは最悪のパターンだろうと天を仰ぎたくなる。

「……だったら、黙って見てたらいいのよ」

塚本さんの頬にさっと赤みがさした。

「ごめんなさいね、私がどうしても差し入れを渡したかったから」

空気を読んだ夏乃がすっ、と出てきた。すずしい笑顔と声のトーンはさすがとしか言いようがない。

「ぬるくなっちゃってるかもしれないけれど、塚本さんもよかったらこれ食べて」

そこまでスムーズに言いながら、私の陰で愁平をこづいている。たぶん愁平はわかっちゃいないけど、口を出すべきじゃないことぐらいは今ので気づいただろう。

「塚本さんは、マイルリレーにも出るんだっけ？」

とはいえ、夏乃に任せてばかりもいられない。これは私の問題だ。

「だったらなに」

「いや、決勝残ってるでしょ」

「先輩が速いからね」

「それでも四百を走れるのはすごいよ、決勝もがんばって」

素直な気持ちだった。四×百のリレーならともかく、四×四百のリレーだ。たしかに先輩にひとり四百メートル走を専門にしている選手がいるとはいえ、その速さを失わずつなげる塚本さんだって充分優れているだろう。

でも、どうやら私がコメントすべきではなかったようだ。

「たった一度の怪我で逃げたひとに、がんばってなんて言われたくない」

強い、意志のこもった声だった。目を三角にした彼女の手に握られたタオルがふるえる。そしてそのまま、塚本さんは私の横を通り過ぎていった。

梅雨なのに、乾いた風が私たちのあいだをすり抜けてゆく。

『インターハイ目指しているの、私』

陸上部に入ってすぐ、彼女がそう言っていたのを思い出す。

私もそう、とすぐに意気投合した。他の部員はあんまりそういうことを口に出したがらなかった。それが悪いわけではない。

ただ、臆せず口にできる塚本さんのことは、好きだった。

しんどい練習も、なかなか出せない結果も、互いに励まし合ってときにはキツいことも言い合って、乗り越えてきた。

それをあっさりやめたのは、私だ。

彼女にきちんと話さなかった私も悪い。だから私は、嫌われたってしかたがないだろう。

「華」

愁平が私の名を呼んだ。そのトーンひとつで、気にするんじゃない、と言われているのがわかる。

「うん、だいじょうぶ」

そう笑ってみたけれど、さすがに大丈夫じゃない自分がいた。

わかっていたはずだ。立ち向かわずに諦めたんだってこと。もう走れなくなるかもとか、きついリハビリをこなさないととか、そんなのまったくない。身体なんてちょっとの痛みですんだのに。

私はがんばらなかったひとだ。

それに私だってあのとき、まわりから繰り返しかけられる「がんばって」のことばに辟易していた。うざったくて、その意味の奥にある期待も面倒で、だからこそ私は逃げたんだ。

そんな人間に言われたくないなんて、至極ごもっとも。すこしでも傷つく私のほうがおかしい。

でもじゃあ、こういうときはなんて言えばよかったのだろう。たとえ嫌われていたって、純粋に応援していた。だけど嫌うのは彼女の自由だし、それをどう受け止めるかも私の自由だ。

それでも。

「あー、むずかしいね」

そのひとことは、おなかの底から出てきた。でも口にできたおかげで、もやもやした気持ちも一緒に吐き出してしまえたような気もする。

「他人がなにを思おうが、言おうが、あなたが揺らぐわけじゃないわ」

哀れみもやさしさもない、ただいつもの朴直な瞳で夏乃がそう言ってくれる。

「さ、愁平の出番は終わったし帰りましょう」

そして撤退も早い。私の気持ちは関係ない。時間をかけようがなにか言おうが個人の気持ちは本人以外にはどうにもならないことを彼女はわかっている。

まったく、よくできた親友だ。もったいないほどに。

「あいかわらずさくっとしてんな、夏乃は」

「華が観ていきたいっていうなら残るけど」

そう言って夏乃は私を見る。

「いや、暑いし」

「お前も薄情なやつだな」

私の正直な意見に愁平は眉をしかめたけれど、呆れたように笑ってくれた。

塚本さんの出るマイルリレーも、ほかの部員たちの活躍も観たくないわけじゃない。

嫌いなわけじゃない。

でも逃げた人間に応援されるのは、と迷う自分がいる。がんばって、が受け止めてもらえないなら。

息をひとつ吐く。

愁平にじゃあまた明日、とだけ言ってあっさり去ろうと思ったら、なぜかいきなり頭をぐしゃぐしゃに撫でられた。

「いやいやちょっとやめて……ひとがせっかく整えた頭を。ていうか私は犬か」

「犬はもっとかわいいだろ」

「うわひど。すみませんね、かわいげがなくて」

「いいんだよ、かわいげなくたって、華は華だろ」

ああ、この微妙にマイナス点にかたむきそうな言いかたよ。それが愁平なんだけども。

そう思うと笑えてしまった。小さい頃からさんざん知っているせいで、こいつのことを恋愛対象として見たことがない。他人の気持ちはわかんないから、愁平がどうかは知らないけれど。でもたぶん、私たちはどちらかというときょうだいに近い。うちの兄とはまた別枠の。

そうじゃなければ、きっと今のはそれなりにときめいたポイントなのだろう。そしてこういうところが愁平のモテる要素なのかもしれない。知らんけど。

「……そろそろ行ったら、次期キャプテン」

「まだ決まってないけどな」

「ほぼ決定でしょ。まあ愁平ならできるよ」

私のことばに、愁平は大きい笑顔で応えた。

「まあ、がんばるよ」

ぎゅう、っと胸が痛かった。

でもこれはたぶん、いい痛みなのだろう。

「がんばりなさい」と夏乃に見送られ、愁平は大きな足取りで自分たちのエリアへと帰って行く。

がんばれ、とその背中にちいさくつぶやいた。

夏乃とふたり、スタジアムを出ようとしたところで今度は白岩さんたち新聞部とすれちがった。白岩さんが私に気づき、他の部員に声をかけこちらへとやってくる。

どうやら彼女は私と塚本さんのやり取りを見かけたらしい。

「彼女、最近思うように結果を残せてないの。そういうときの彼女って、物言いがキツいのよね」

白岩さんは「ほんとうんざりよ」と言わんばかりにそんなことを言い出した。新聞部の取材でなにかあったのかもしれない。

「だから気にしなくていいと思う。タイミングが悪かっただけよ」

予想外なフォローだった。

記録がいまいちのときの塚本さんがイライラしがちなのは、元陸上部の私も知っている。そういうときの彼女はほっとくに限る、というかそれしかない。

それを、白岩さんが知らないとは思えなかった。

なのに彼女はわざわざ言いにきてくれた。

たぶんそれだけじゃなかったと思う。それ以上に塚本さんは私に対して思うところがあるから。

でも白岩さんの気持ちにさっぱりと胸がすく。

「ふふ……うん、ありがとう」

「華、笑うところじゃないわ」

思わず笑みがこぼれてしまって、夏乃にたしなめられる。

「あ、ごめん、もうしわけない」

たしかにこのタイミングで笑うのは失礼だと慌ててあやまると、白岩さんは「笑って聞いてられるぐらいがちょうどいいのよ」と言ってくれた。大人だ。

「がんばっても結果が伴わないのはつらい。でもだからといって闇雲にがんばるのが正しいかと言われればそうでもない……彼女はそれをわかっているからこそ、たかがことばなんかに敏感なのよ」

「あら、新聞部とは思えない発言ね」

夏乃のことばに白岩さんがにやりと笑う。

「内緒よ」

たかがことば。確かにそうなのかもしれない。

そのたかがことばに、私はうんざりしたのだ。

「もっとも、正しいとか正しくないとか、そういうものさしのうえで生きたくはないけれど」

そう口にした彼女のまなざしは、まっすぐと遠くを見ていた。

午後三時。まだ六月だというのにすっかり暑い。これは葛ゼリーがおいしそうだと期待しながら、阪急電車に揺られ帰路につく。電車の窓に、一瞬、自分の顔が映る。

去年の今ごろは、あの輪のなかにいた私。

いくら考えたって、他人の気持ちまではどうにもならない。

そうわかっているのに彼女のことばは、いつまでも耳に残っているような気がしていた。

＊

梅雨も本格的になり、道すがら色づく紫陽花を見られるようになった。校内にもいくつか青色と紫色の紫陽花が咲き、廊下からそれらをぼんやり眺めている芽吹君も見かけるようになった。

転校生に沸いたみなのブームもやや収まったのか、彼を探しにくる女子たちも減り、芽吹君は愁平たちと仲良くしているようだ。それでも放課後になにかをもらったりする姿も見たことがあるので、人気は相変わらずなのだろう。

ちょっと迷惑なのは、たまに私が視線を感じることだ。特別に彼と親しくしているわけでもないのに、何気ない会話をしていると私をじっと睨む姿がある。しかしうわーめんどくさーと思えど芽吹君のせいではないので彼に文句を言うのもお門違い。そういうのは無視するに限ると決め込んでいる。

どうせなら真正面から言いにきたらいいのに。塚本さんみたいに。

そう思うと、陰険さとは遠い彼女の敵意はまだましなのかもしれない。とはいえやっぱり向けられていいものでもない。


そうやって平日は過ぎていき、金曜の放課後。

私と芽吹君、愁平の三人は夏乃の家でもある和菓子屋に来ていた。雨ということで愁平は部活をはやく切り上げてきた……というかサボってきたんだろう、たぶん。

「たまにはいいんだよ」とか言ってたし。

老舗といっても大きな店ではなく、ちいさな甘味処が併設されているこぢんまりとした店構えだ。しかしその親しみやすさとは裏腹に、奥にある家はどこのお屋敷ですかばりの豪勢極まりない造りなのでギャップが激しい。はじめて遊びに来たときは目を疑った。小学生の愁平ですら場違いだと帰ろうとしたほどだ。

ところが芽吹君は違った。高校生とは思えぬほどの落ち着き払った丁寧な所作で夏乃のご両親に挨拶し、臆することなく客間まで案内される。

そしてそこから見える庭に、はじめて感嘆の吐息をもらしていた。

こんな立派なお屋敷も、植物には勝てませんか、と私は思わず笑ってしまう。

夏乃の家の庭は、あまり堅苦しくない庭だった。建物にはそれこそ松や紅葉を活かした日本庭園が似合うだろう。玉砂利が敷かれ、石灯籠が灯りをともし、池があり鯉が泳ぎ、としていてもおかしくない。

でも実際は、土の上に自然な飛び石が置かれ、桜や楓、躑躅に椿などの木々が並ぶ、心地のよい森のような庭だった。イギリスの田舎にあるおしゃれで自然感いっぱいの庭の日本版、といえばいいだろうか。足下には苔も生え、水仙、菫、彼岸花らが咲き、朝顔や菊など季節の鉢植えが置かれたりもする。もちろん虫やトカゲも暮らす。

しかし鬱蒼とした雰囲気はなく、毎朝夏乃と店のお弟子さんが掃き清めるのもあって、閑雅とした庭だった。

夏乃曰く、何代か前の主人が季節感や自然を大切にしてこそ菓子職人だとこういう庭を好んだらしい。私もよくこの庭で遊ばせてもらった。

「すごいよね」

私が言うと、芽吹君はゆっくりと頷いた。

「こんな庭、あるんだ」

「めずらしい？」

芽吹君の反応に、私は思わず首をかしげる。たしかにあんまりない庭かもしれない
けれど、希少というほどでもないだろう。

「え、あ、いや……雨じゃなかったら、庭に降りたかった」

「また晴れた日に来たらいいのよ」

夏乃がお茶を淹れながら言ってくれる。

けれど芽吹君はそれには曖昧に笑って見せるだけだった。

「芽吹はほんと植物が好きなんだな」

花壇もすごかったもんな、と愁平はお茶に口をつけながら言う。

つい先日、白岩さんが書いた記事が新聞部の発行する新聞に掲載されていた。芽吹
君の名前も写真も載っていなかったけれど、みなが彼だとわかっていた。

「雨続きで、最近はちっとも手入れができてないけれどね」

「梅雨だからなあ。俺らもずっと校内ランニングだし」

「はやく梅雨が明けるといいわね」

会話がひとつとぎれたところで、店のお弟子さんがお盆を持って部屋に入ってきた。夏乃が受け取り礼を言うと彼は一礼だけしてすっと去っていった。

テーブルの中央に生菓子が置かれる。

紫陽花、鉄線、石竹、つばめ。

それぞれを細やかに模した練りきり。色合いも淡いものと鮮やかなものとありかわいらしい。

その季節を大切に表現したお菓子に、雨が気にならないほど心が晴れやかになる。

それぞれにひとつずつ選び、大切に味わった。見た目にもうつくしい練りきりだけど、花の姿に忠実なわけではない。それよりも見た者の気持ちを大切にしているような気がする。そのあたり、私の絵とは違うんだろうなあと思ってしまう。

私の絵は図鑑に載るようなスケッチで、芽吹君が言うように記録というほうが似合っているのかもしれない。絵を描くのが好きになったのは小三のときだけど、本格的に描き始めたのは中学に入ってからだ。そこからなんとかしてうまく描けるようになろうと努力した結果、模写はできるようになった。

でもたぶんそれだけ。

このお菓子のように、見たひとの心を華やかにはしないだろう。

もともと趣味で描いているだけだからそれでいいといえばいい。SNSに載せていても見てほしいと思うわけでもない。

記録として残る、ということばに感じるところはあって動いてみたものの、ひとの心を動かさないものを残す意味なんてあるんだろうか。

そんなことを考えながら、上品でしっとりした甘さを堪能していると、向かいに座っている芽吹君に見られていることに気がついた。はて、と黒文字をくわえたまま止まってしまって左から夏乃に「こら」とたしなめられる。

「えーと、なにか?」

口の中のものを飲み込んで、落ち着いてから問うてみると、彼は「ごめんごめん」とほほえんだ。

「いや、その鉄線、きれいだなあと思って」

そう言われて、見ていたのは私ではなく私の手もとにあるお菓子だと知る。しかしその薄紫色の白あんで作られた鉄線の花もすでに半分はなくなっていた。

彼の紫陽花はその姿をまだ保っている。

「鉄線ってクレマチスのことだろ?」

すでに食べ終わっていた愁平はお茶をすすっていた。

「厳密には違うわよ」

「え、そうなの」

「そうだね。鉄線と風車っていう原種の花があって、それを交雑して作った園芸種の総称がクレマチスなんだ」

私と愁平はそろって知らなかったと感心していた。夏乃は植物に詳しいというより博識なのだけど、さすが和菓子屋の娘ということもあってこのあたりの知識は豊富なのだろう。芽吹君は言わずもがな。私より夏乃のほうが話が合うのではなかろうか。

鉄線とクレマチスの違いも知らずに食べて申し訳ない、と思いつつもう一口食べる。が、芽吹君はあいかわらずその紫陽花に手をつけられないでいる様子だった。

朝比奈君、と夏乃が声をかける。

「見た目を愛でてくれるのは、職人としてもその娘としてもうれしいことよ。でもね、お菓子は食べてこそのものなの」

それは昔、私も言われたことだった。夏乃にもらった金平糖があまりにきれいででいつまでも食べられずにいた、なつかしい思い出。以来、どんなにうつくしくてももったいなくても、食べものは食べてしあわせをかみしめることにしている。

「なるほど、たしかにそうだね」

芽吹君は夏乃のことばにうなずき、紫陽花をちいさく切り分け口に運んだ。伸びた背筋も、すっとした細い指先も、繊細な上生菓子にとてもよく似合っている。

「おいしいでしょ」

私がたずねると、彼は笑顔を見せてくれた。見て、味わってたのしむ。そのうえ、おいしそうに食べているその姿は、またひとつすてきなことが増えたみたいでうれしくなった。

ふと視線を感じ、隣を見ると夏乃がたのしそうな笑顔でにやにやしている。その顔やめてよ、と私はテーブルの下で夏乃をこづく、とこづき返された。愁平がやおらこちらを見て思案深げな表情を浮かべていたので、私は何事もなかったかのようにお茶をすすった。

それぞれにお菓子も食べ終わり、夏乃があたらしくお茶を淹れてくれる。

「芽吹はやっぱり部活やらないんだな」

愁平がお茶を一気にあおってから言う。

「うん……花壇の世話のほうが僕にはあってるかな」

「そっか。まあひとそれぞれだしな。にしても俺だけか、部活やってるの」

いまさらな話題だ。愁平の視線がじっと私を捉えている。

「なに、言っとくけど私は」

「わかってるよ。華が戻ってくるとは思ってねえよ」

「その割に、大会を見に来いとかしつこいんですけど」

「部活に来いとは言ってない」

今度は私がじとっと愁平を見る。

「でも……」

すると愁平はなにかを言いかけた。

「でも、なに？」

「……いいや、なんでもない」

なのにそう言ってさらっと笑っている。

なんなんだ、と思う私と対照的に、夏乃がかすかにほほえんだような表情を浮かべていた。

「愁平はなんで陸上をやろうって思ったの？」

黙ってお茶をすすっていた芽吹君が愁平に聞く。

「理由？　うーん、そうだなあ……足が速かったから、かなやっぱり」

「愁平らしい理由だわ」

「夏乃、馬鹿にしてね？」

「いいえ、ちっとも。たしかに足は速かったものね」

それは私も同意する。私も小さいころから運動は得意だったほうだ。幼稚園の運動会のかけっこでも一位だったし、逆上がりも跳び箱も苦労することなくできた。

でも愁平には敵わなかった。いつだったか「男の子相手に勝つのは難しい」と言われたりして、悔しかった。運動に関しての「すごいね」は全部愁平が持っていった。

そんななか唯一勝てるのが、ジャンプだったと思う。もちろん走り高跳びだって男女で跳べる高さはけっこう違う。大会なら女子は一メートル七〇跳べればいいけれど、男子なら二メートルを超えてゆく。

愁平も、跳べないわけではない。体育の授業ならクラスで上位になれるぐらいの記録は出す。

でも陸上の大会なら上位にはなれない。

だから私が唯一、愁平に勝てたと思えたのが走り高跳びだった。

「ねえ、華……聞いてる？」

夏乃の手がそっと私の肩に触れて、我に返る。

「あ、ごめん。聞いてませんでした」

正直に答えると芽吹君がちいさく笑いをこぼす。

「もう……華はどうして陸上を始めたのか、ですってよ」

「え、私の理由？」

そう、と夏乃がうなずく。聞いてきたのは芽吹君らしい。

もうやめたのに、と思わなくもなかった。でも彼の顔は、マイナスな感情を生み出すようなものでもない。

「……跳べたから、というか跳んだら勧められたからかな」

そう言うと、なんだかすごく自分がない気がしてきてしまった。愁平の足が速かったからとはまた違う。私は跳べただけではやらなかったかもしれない。

他人に勧められただけ。

だから、あっさりやめれたんだろうか。

「そうなんだ。いい出会いがあったんだね」

すこしだけ後ろめたさのようなものを感じていると、芽吹君がやわらかい声でそう言った。

「……え？」

「だって、勧められてやってみたらたのしかったんでしょう？」

たしかに、それはそうだ。

勧められるがままにやってみたらはまった。続けたのは私の意思だ。強制されたわけでもないし、愁平に張り合ったわけでもない。

ふと愁平を見ると目があった。なにかを期待するかのような……いや、値踏みするかのような目をしている。

「……まあ、やめちゃったんだけどね」

なんだか曖昧な気持ちになってしまって、自嘲気味に笑う。

夏乃がゆっくりとお茶を飲み、愁平はちいさくため息をついた気がした。

芽吹君はきょとんとした顔を見せて、

「誰だって始める権利もやめる権利ももってるんだよ」

と言う。

私はそのことばに「そうだね」と頷いて、頭ではわかってるのに心が追いつかないってこういう状態なんだな、と感じながら湯呑に口をつける。

夏乃が淹れてくれたのに、そのお茶がずいぶんと渋く思えてしまった。

そのあとは愁平と夏乃がうまい具合に空気を変えてくれ、他愛のない話が進んだ。

誰それの授業がつまらないと愁平が愚痴れば、でもあの先生はここの教え方はうまいよと芽吹君がフォローする。夏のあいだ、朝顔以外にも鉢植えを育てようかしらと夏乃がつぶやけば、鶏頭や鳳仙花を芽吹君が薦める。

気づけばあっというまに六時が近づき、そろそろ帰ろう、という話になった。夏乃はご丁寧に持ち帰ってと焼き菓子まで用意してくれている。台所に立つ夏乃の母親にいとまを告げ、玄関に向かうと「そうそう」と夏乃が思い立つように口にした。

「愁平、ちょっと相談したいことがあるのよ」

「え、なんだよ急に」

「いいでしょ、友人の頼みぐらい聞きなさい。だからふたりは先に帰っていて」

その顔は満面の笑みだった。嘘くさいほどの。

小言のひとつでも言ってやろうかと思ったけれど、横の芽吹君が純粋な瞳で「そうなんだ、じゃあまた学校で」なんて言い出すものだから口を開けなかった。きっと彼は夏乃の本性をまだ知らない。

ため息をぐっと堪えていると「ほら、はやく行きなさい」とばりに手を振られる。愁平を見やればわけわからずといった感じで口を尖らせている。このあと彼は適当なことを言われて引き留められるのだろう。

夏乃の思惑どおり、私は芽吹君とふたり、帰路につくことにした。雨はだいぶ弱くなってきていたものの、傘はまだ必要だった。

「芽吹君はここからバス？」

ちいさな通りに出てたずねる。

「歩いてでも帰れるかな。華は？」

するとごく自然に名前を呼ばれて、思わず心臓が跳ねてしまった。

いや、華でいいと言ったのは私だし、華ちゃんと呼ばれる柄でもないから呼び捨てでいい。

でも何気に、そう呼ばれたのは初めてだったかもしれない。さっきまでは相変わらず「水嶋さん」と呼ばれていた。

「……あ、えーと、歩き。そう遠くない」

「じゃあ近くまで送ろうか」

遅くなったし、と彼はさらりと言った。

あまりにさらりとしすぎていて、くすぐったさもなにもない。おかげで跳ねた気持ちもすとんと着地した。

「うち、山のほうだから。白川通りのとこまででいいよ」

「白川通り?」

「うん、歩いて五分ぐらいかな」

「わかった。じゃあそこまで一緒に帰ろう」

傘越しに、彼のほほえみが見える。

いやらしさも、過剰な好意もない。

その呆れるぐらいのやさしさや素直さに、ようやくすこし面映ゆさを感じてきてしまう。

並んで歩く。しゃべりつくしたせいもあって、ことばはなかった。でもそれでも平気で落ち着くことが、うれしい。

弱まった雨はすずしい音をたてる。ときどき、傘がぶつかって滴が垂れる。

五分の道のりを、十分、いや三十分かけて歩きたい気分だった。

そのことに気づいたとたん、きゅうっと胸が締めつけられる。

「そういえば、バイカモ、見たことある？」

馬鹿な私は焦ったように口を開いてしまった。隣を向くこともできず、傘に隠れて雨道を進む。

「え？　いや、それがまだなくて」

唐突な話題だったせいか、芽吹君も一瞬反応に戸惑ったようだった。

「植物園、咲いてるかも」

「ほんとう？　それは見たいな」

「また今度見に行ってみて」

滋賀の醒ヶ井では有名なバイカモも、京都では絶滅種に認定されている。清流でしか咲かないいちいさな白い花。私は見るのを毎年楽しみにしていた。

「一緒に、行ってはくれない？」

彼の声にすこしだけ、憂いを感じた。

「え？」

「いや、行ってみて、って言うから」

そして次はもう、むしろどこか拗ねたような雰囲気すらあった。

「……一緒に、行ってもいいの？」

「僕は一緒に行きたい、と思ってる」

その声に思わず、傘を傾けて彼の姿を見た。

変な気負いも、気恥ずかしさもなさそうな、いつも通りのやわらかい笑顔。さっきはそれがかえってすんなりときてよかったのに、今度は息がつまりそうになってしまう。

「うん、じゃあまた今度一緒に行こう」

しずかに息を吸って、一気に口にした。

「ありがとう」

傘があるおかげで顔を隠せるけど、彼の持つ傘は邪魔だった。透明のビニール傘とはいえ、その姿はゆがみくもってしまう。

はやく梅雨が明けたらいいのに。

ちいさく空を仰ぐ。つられたのか芽吹君も上を見た。

振り返れば遠くの夕焼け色が見える。もうすぐここらも雨がやむだろう。

五分の道のりは五分にしかならない。

もうすこしだけ、と言いたくなるような気持ちにぐっとふたをして、私は別れを告げ坂道を上り始める。

帰宅して夏乃が持たせてくれた手みやげを渡すと、母以上に兄がはしゃいでいた。ひとつ食べようとするのを「夕飯前でしょ」と母に制止され拗ている。こういうところは、ほんとうに私より年長者なのかと疑いたい。芽吹君と兄がなんとなく似ていると思ったこともあるけれど、彼のほうがよっぽど大人だ。

部屋に戻り、制服を脱ぐ。部屋着になってベッドの上に大の字を描くと、ふと彼の声が、姿がよみがえる。

『僕は一緒に行きたい、と思ってる』

身体がふわりと軽くなる。それがくすぐったいような感覚になって思わず横になって丸まった。胸のあたりがそわそわしてしまって、枕も抱きしめる。苦しいのに呼吸は楽だ。

走り出す前みたいだった。

バーを、あの高さを越えるために踏み出す一歩前。

身体は軽い。今なら跳べる。集中して、ほどよい緊張感を持って落ち着いて呼吸できている。

越える、越えてみせる。きっと跳べる。

踏み出してしまえば、あとは跳ぶしかない。その先にどんな結果が待ち受けていようとも。

「いやいやいや」

なにを考えてるんだ、と自分に対して苦笑いを浮かべてしまう。こんな乙女チックな思考は似合わない。そもそもそういうんじゃない。

うん、そういうのじゃ、ない。

走り高跳びと比べてどうすんだ、と追加でつっこんでおく。どきどきして、走り出して、はい結果！みたいなの、やっぱり違う。

じゃあなんなのか、と考えてもわかんないんだけど。

でもまあ、今はそれでいい。

ふう、とひとつ息をついて、すこしこの思考から離れようとスマホを見る。とくになんの連絡もないから、SNSのアプリを開いた。そういえば最後にアップしたのは火曜だったし、そろそろなにかまた、と思ったところでめずらしく通知があることに気づいた。

『雑草ばっかり。なにがいいの？　つまんないんだけど』

それはコメントがついたという通知で、読んだ瞬間「わざわざ言うって暇なひとだなー」という私のコメントが口をついてしまった。

相手はもちろん知らないアカウント。そもそもSNSといえど誰とも交流もしてないし、私から誰かを見にいくこともない。そんなんで絵を載せてる意味あるのか、って感じなのはわかってる。でもべつに承認欲求とか誰かと話したいとか、そういうのはなかった。

今まで描いてきた絵をただ載せているだけ。数枚投稿しても、見られているという実感もない。

それに描いているものが雑草という枠にくくられるのだから、そういう反応があることぐらいは予測がついていた。この文も、絵に対するコメントではなくモチーフに対するコメントなので、そこばっかりは「いや私の趣味なんで」としか言いようがないのもある。あと何気にこの絵が雑草だってわかるんだから、このひとちょっと詳しいだろと思わなくもない。

とはいえ、まあ書かれたことはショックだ。私の好きなものをつまんないと言われたのだから、それなりにネガティブな感情にはなる。なにせ初めてついたコメントがこれだ。

はあとため息をついて、ところでなぜ私はつまんないと言われるような雑草が好きなんだろうか、と考えてしまう。

今まで気にかけたことがなかった。

はて、と考え出したところで兄の「ごはんだよー」と階下から呼ぶ声が聞こえてくる。仕事で遅くなるという父を除いた三人で夕食を食べているあいだも、どうしてなんだろうと自問を繰り返していた。

母や兄に聞けるわけもなく、会話に適度に入りながら食事を済ませると母がお茶を淹れてくれる。夏乃の持たせてくれた焼き菓子にあわせたのだろう、ジャスミンの香りがふわりとただよう。

あ、と声が出た。

「どうかした?」

兄が手もとの本から視線だけ上げて聞いてくる。

「いや、なんでもない」

「なんでもないっていう顔じゃないけれど」

「個人的なことなので放置していただけると」

「ふうん、ずいぶん他人行儀だねぇ」

まだなにか言うかと思ったけれど、兄はそれだけでふたたび本へと視線を戻した。

ここらへんのことは割と見極めてくれるのでありがたい。

思い出しかけた映像を脳内で必死にリピートする。より鮮明に、きちんと思い起こせるように。

場所は植物園。たぶん私が幼稚園に通っていた頃。

すこし離れた場所で大人たちが笑っていた。私が雑草ばかり好んでいたからだ。

私はそれを背に聞きながら「どうしてだめなんだろう」と思っていた。

すると突然、なにかが落ちてきたような音がした。どさり、とか、どすん、とかとも違う。

驚いて顔を上げると、すこし遠くの木の下に、男の人が座っている。

「毎回毎回……」

そんなことをつぶやきながら、彼は私と目があってはにかんだ。

「ちいさくて、かわいいよね」

そして何事もなかったかのように話かけられた。ゆっくりと近くにくる。

手にしていたのはピンクの……そう、ネジバナだったような気がする。

親たちほど大人でもない、かといって子どもというほど幼くもない、お兄さん。

「花、好き？」

声も、表情もやさしかった。知らないひととはお話しちゃいけません、なんて言われていたけれど怖さは感じなかった。

「でもざっそうっていういらない花なんだって」

私は足元のシロツメクサを見つめながら言う。こんなにかわいいのに、と。

「雑草っていう植物はなくて、みんな名前もついてるし、一生懸命生きてるんだよ。

いらない花はない」

そのひとはほほえんだ。とてもあたたかに。

「だからかわいいって思うなら思っていいんだ」

彼が手にしていたネジバナを私にくれる。ほそい指先が私の手とかすかに触れる。

私はそれになんと答えただろう。「ほんとう？」とか「いいの？」だったろうか。

「うん」と彼はうなずいて、立ち上がった。

「また会おうね」

そう言い残して。

直後、やってきた母がなにか言っていたような気がするけれど、そこはもう覚えていない。

ただあのひとからは、ジャスミンの香りがした。

たった、それだけ。

でもそのひとことだけで、私は雑草を好きでいられたんだ。母やその周りの大人たちはけして否定していたわけではないだろう。でもはじめて彼が「いいんだよ」と面と向かって言ってくれた。

いらない花なんてない、と彼が教えてくれた。

ああ、そうか、と息を吸う。忘れていた記憶がよみがえってくると、胸がきゅうっと締めつけられた。

しかし同時に、つと気になることも生まれる。

引っ張り出してきた記憶の映像が、あのお兄さんが、どうしてか芽吹君で再生されてしまう。

似てたのかもしれない。それに彼の植物好きと重ねてしまうのかもしれない。だって私が幼稚園児なら芽吹君もそうでないとおかしい。あのとき私に話しかけてくれたひとは、どう考えても年上の今の芽吹君ぐらいの歳だ。

しょせん思い出だから、変に上書きしてしまったのだろう。どこか違うところぐらい、思い出せるはず。

なのにどうしても彼になってしまう。あのときほほえんでくれた目ですら、芽吹君とまったく同じ澄んだ鳶色だ。

食べたばかりなのに胃のあたりが冷えて、喉は渇いていた。母が目の前にマグカップを置いてくれる。兄は読書をやめていそいそと焼き菓子の袋を開けている。

とりあえず落ち着け、とジャスミンティーを一口飲んだ。あたたかい液体が喉を通り、花の香りが広がる。

はじめて会ったとき、桜の木から落ちてきたとき、芽吹君から同じ香りがしていた。

そう気づいたとたん、記憶のなかの映像が、芽吹君で固定されてしまった。すずやかでよく通る声、やわらかい笑顔。植物を愛する指先。

いや違う、ありえない。

でも、どうしたって彼になってしまう。

相反する思いを落ち着けるように、兄がつけたテレビを眺めるふりをする。

やむかと思った雨はまた本降りになるらしい。

梅雨は祇園祭のころまで終わらない。

でもそろそろ、晴れてほしかった。

兄に勧められて和三盆のクッキーをほおばる。ほろほろと崩れるそれのように、私の気持ちもとけていけばいいのに、と願う。

＊

土、日と雨は降り続け、月曜の朝にようやくすこしの晴れ間が見えた。週末に予定がなかった私は、庭や近所に生えていたオニタビラコやノゲシを摘んで部屋でスケッチをしていた。

そうでもしないと、落ち着かなかったのもある。

芽吹君の連絡先は知らない。一度聞いたけれど、意外なことにスマホを持っていないということだった。海外から来たばかりだからだろうかと思ったけどそのあたりの事情はよく知らない。家の電話番号を聞くのもと思ったし、まあ学校で会えるから不便もないし、別にいいかと結局知らないままだ。

どこに住んでるかももちろん知らない。下鴨のあたりらしいけれど、住所を聞いたわけではないから特定はできない。彼もなんとなく言いにくそうだったので、プライベートなことだしと遠慮した。

だから彼と話したくても土日はなにもできなかった。

いや話すって言ってもなにを、だけど。まさか「私が幼稚園のころ、今のあなたと会いましたよね?」なんておかしな話、できるわけもない。ありえなさすぎて自分でも呆れてしまう。

可能性があるとして彼の家族……だけど、きょうだいはいないらしいし父親にしたら若すぎる。

ほんとう、ありえない。私の記憶違いだと思いたい。

なのにどうして、この想いを打ち消せないのだろう。

落ち着かない気持ちのまま学校へ行く。芽吹君はすでに教室にいた。

「おはよう、華」

彼は教室でも私を名前で呼んでくれた。

「おはよう……芽吹君」

そう私も返したものの、ことばは続かなかった。

休み時間も、昼食の時間も、彼と話さないまま。

話そうと思えばタイミングがあったかもしれない。ときどき話しかけられてはいたし、そうなれば私も応じていた。でもそれは必要最低限のラインにとどまってしまい、私から話題を切り出すことはできなかった。

ひとりきりのとき彼は、しずかに読書をしていた。

その横顔を見るたびに、記憶が再生される。

一度、見ていた私に気づいた彼がこちらを向いた。

目が合う。はにかまれる。

窓をバックにしているのに、きれいなその瞳がはっきりと見える。

おかしいって笑い捨ててしまえばいいのに。

いやいやありえないから、なに考えてんの、って終わりにしたらいいのに。

それ以外の芽吹君は時折、私を見て不思議そうな顔をしていた、と思う。夏乃にも
「なにぼやっとしてるの」と言われながら時間は過ぎていき、気がつけば放課後。

うれしくないふわふわとした気持ちを抱えて向かったのは、あの花壇だった。

誰かいたら帰ろう。そう思ったものの、今日は誰もいない。雲行きがあやしくなっ

てきたせいだろうか。
　渡り廊下から離れて、花壇の前にしゃがむ。長引く雨模様だったけれど、花がらは
きちんと摘まれていた。隅には生き残っていたのかネジバナが咲いている。
「かわいいなあ」
　黙っているのもしんどくなって、思わず口にする。
　螺旋を描くようにピンクの小花が咲くネジバナは、三株ほど生えていた。この花壇
にほかの雑草はない。となると芽吹君はあえて残していたのだろうか。
　ネジバナ。記憶のなかのお兄さんも手にしていた、ちいさな雑草。
　ふと、額が濡れた。続けてぽつりぽつりと雨粒が私の身体を打ち始める。せっかく
の晴れ間も長くは続かなかったようだ。
　うわーと立ち上がろうとすると、突然雨がやんだ。見上げれば頭上に傘がある。振
り返ると芽吹君だった。
「かわいいでしょう」
　彼はそのまま私の横にしゃがんだ。一つの傘にふたりで入るように。
　あまり大きくないビニール傘。
　ちいさな世界に入り込んだみたいだった。
「見たんだ。華の絵」

「……SNSの？」

「そう。やっぱりいい絵だね」

「ありがとう」

距離が近いせいか、互いに声もちいさくなってしまう。

「つまらないことなんかないよ」

だけどその声は、ちいさくとも力強くて、私の耳にまっすぐ届いてきた。

自然と彼を見る。目が合う。凛として、澄んだ瞳。

「だいじょうぶ。前にも、言ってくれたから」

あのコメントのことを言っているのだとわかった。だから笑ってみせる。すこしばかりショックを受けたとしても、あれぐらいはどうってことない。

「雑草っていう植物はないんでしょ」

すっと出てきたことばに、彼は目を細めておだやかに笑った。

ああ、彼だ。

今までずっと否定しようとがんばってきたけれど、やっぱりそうなんだ、と今とてもすんなり理解した。

ありえない、信じられない。

そんなのはどうでもいい。

私はこのひとと、あの日桜の木から落ちてくるより先に、出会ったことがある。

「ちいさいころにね、植物園で言われたことがあるんだ」

小粒だった雨がしとしとと降り始めた。透明なビニールを水滴が滑ってゆく。

「雑草ばっかり好きな私に、雑草っていう花はないし、好きでいていいんだよって」

芽吹君は黙って聞いてくれていた。

「あのひと、芽吹君だよね？」

その顔から目をそらさぬようにしっかりと口にする。もっと緊張するかと思ったけど、落ち着いて言えたと思う。

疑いではなく、確信だった。

「……どういうこと？」

しかし彼の口から発せられたのは怪訝な声。その表情も呆気にとられているというか、解せないというか、心底驚いているようなものだった。

「え、あれ、だって」

肩すかしを食らい、私もあたふたとしてしまう。

「あのとき、話しかけてくれたひとが、芽吹君で」

「僕が……幼稚園児の君に？」

「そう、だから私、どうしてなんだろうって。私は幼かったのに、芽吹君は今のままで……」

「今の僕？」

彼はそこまで言ってから思い詰めた顔をした。なにか考えごとをしているのか、傘が傾いてその膝が濡れ出す。

しばしはずれていた視線が、また私に向いた。

その顔は、瞳は、雨のなかでもかすむことなく、凛としている。

「疑って申し訳ないけれど、ほんとうに僕だった？」

私の言ったことを小馬鹿にしたりする節はない。

「……変な話だけど、そう、だと思う」

百パーセント、とはいえない。だっておかしいから。もしあれがほんとうに芽吹君だったなら、彼は年を取っていないことになってしまう。芽吹君だと確信できる証拠があるわけじゃない。

彼はかすかにほほえんだ。

「もし、僕に秘密があるってわかったら、知りたい？」

その笑顔は、やわらかくもやさしくもなく、憂いや哀しみをたずさえていた。

「知ってもいいなら、知りたい」

胸のなかがざわついている。知りたい。いや知らないほうがいいかも。そう思いながらも私はすでに答えていた。
芽吹君は私から目をそらさない。
だから私も彼の瞳をじっと見つめる。
気がつけば、私の肩も濡れ始めていた。
ふう、と彼が息をひとつついた音が聞こえた。
「実は未来から来たんだ、って言ったら、信じてくれる？」
雨はしずかに降り続け、彼のすずやかでよく通る声をかきけしてはくれなかった。

六月に花は夢みて君となり

雨はその強さを増しながらも、さーという静かな音を立てていた。

ひとつの傘では間に合わないことを悟り、私と芽吹君は教室に戻ってどちらからともなく帰り支度をした。ほんとうはバスだけど、このまま別れてはいけない気がして雨のなか今出川通りを並んで歩く。

「信じてもらえない話だよね」

鴨川デルタを横に賀茂大橋を渡り始めたとき、ようやく芽吹君が口を開いた。

その話というのが、なにをさしてるのかはもちろんわかる。だから頭のなかでは何度でもうなずけるけれど、心はそうもいかなかった。ここで嘘つき呼ばわりするのは違う。

それぐらい、彼のまなざしはまっすぐで遠くを見ていて、どこか、かなしげだった。

「……なんで、来たの？」

答える代わりに質問が口をついて出る。左隣を歩く彼は前を見たままだ。

「七月に咲く桜を探しに来た」

消えてしまいそうな声。あえて出したような明るい成分を含んでいて、ふわっと溶けていきそうな。

「それが……目的だったってこと？」

転校してきたあの日、彼が教室で言ったこと。

みんなはぎょっとして、たぶん冗談かなにかだと思って、触れなかったのか忘れてしまったのか、話題にならなかったこと。

「そう」

芽吹君はうなずいて「それだけじゃないんだけどね」みたいなことをちいさくつぶやいた。

「植物学者なんだ、これでも」

そのことばに思わず彼を見つめてしまう。視線に気づいたのか、彼が横目にこちらを見て笑った。

「これでも、というよりまさにって感じだけど」

その笑顔につられて私もかるく笑ってしまう。

「十七歳でもない、ってこと？」

「いや、それはほんとう。この時代だと高校生だったから、そのほうがいいかなって転校生になってみた」

「そういうの、ちゃんと調べるんだ」

「そりゃあね。過去に行くには厳しい条件もあるし」

「誰でも来れるわけじゃない？」

「うん。制限も多いんだ」

何気ない会話みたいに、テンポよく進む。嘘みたいな話を、普通にしてる。憂いのない声で、笑いながら。

それがどうしてか、きっと私も芽吹君もわかっていた。

「……桜、ないの？」

私の質問に彼は首を振った。

「いや、あるよ。別に僕の世界……時代は環境破壊が進んでるとか、多くの種が絶滅したとか、そういうことはないし心配しないで。むしろ保全活動は積極的」

「そうなんだ」

「うん。なんていうのかな……その土地に根ざしたものはその土地で大切にしましょう、みたいな」

「ああ、地産地消みたいな？」

「ちさんちしょう？」

「土地で採れたものをその土地で食べましょうって」

「そうだね、近いかも。なるほど、地産地消ね」

会話にはむしろ明るささえあった。芽吹君の顔もやわらかい。

「でもね、桜は貴重になってしまって」

声のトーンが変わった。ほほえんでいた口許もすっと力が抜ける。

「今は保護施設と一部の地域のみで育てられてる。でも桜は……とてもきれいでしょう。どうにかして残していきたいなと思って調べているときに見つけたんだ」

彼と目があう。

「七月に桜が降った、っていう記述を」

雨のなか、レインコートを羽織った自転車が、私と芽吹君のあいだをすり抜けていく。

離れた距離を、彼は戻そうとはしなかった。

「この時代に？」

足が止まる。

「今年の七月に、ここで」

彼も足を止め、こちらを向く。

今年の七月は、もうすぐそこだ。

「未来のことはわかんないけど、夏に咲く桜なんて」

「うん。僕も聞いたことがなかった。だからどうしても気になってしまって」

「気になった……ぐらいで来たの？」

芽吹君ははにかんだ。

「気になってしまうと、どうしても確かめたくなる性格で」

好奇心旺盛な少年のような笑み。植物を前にすると見せてくれるあの姿。

ああ、芽吹君なんだな。

今ようやく私はそう思えて、彼へとひとつ歩みよる。

「もし見つけたらどうするの？」

「どういう木なのか調べる」

「花とか枝を持ち帰ったり？」

「いや、それはしないよ。ただそこをスタートにしてつながりを見つけたりできるかもしれないから」

なるほど、とうなずく。ひとつの事実があれば研究も進むかもしれないということか。

「なんで五月から来たの？　咲くのは七月なんでしょう？」

距離を縮めた私を、芽吹君は拒まなかった。そのかわりまたふたり並んで歩き出す。

「うーん……」

しかし彼は言いよどんで、私のほうをじいっと見ていた。

「……あ、別に言いたくないなら」

「いや、まあひとことで言えば興味があったから、かな」

「興味？」

私の問いに彼はほほえむ。

「ついでにほかの植物もいろいろ見ていこうと思って」

なんとなく、はぐらかされた気がした。

でも彼が言いたくないなら、それでいいと思うし追及するべきではないんだろう。

「私が過去に……幼稚園のころに会ったっていうのは？」

「まだ僕はその年に行ってない」

私の目を、彼がじっと見つめる。

「つまりこれから、行くことになるんだ」

「……私の言うこと、疑わないの？」

あまりに当然とした態度で言うので、私のほうがたじろいでしまう。

「だって」

芽吹君が目をぱちぱちと瞬かせた。

「華が言うんだから。信じるよ、僕は」

そして大きなほほえみを見せてくれる。

「そんな……私の記憶違いってこと、あるのに」

よけいにむずがゆくて、口を尖らせてしまう。

彼は声に出さずに笑っていた。

これから、行く。さらに過去に。

想像してみると、ちょっとこんがらがってしまう。

私は幼稚園のころ芽吹君に出会って、今再会している。

芽吹君は今私と出会って、これから幼稚園児の私に再会する。

私の過去が、彼の未来だ。

「行く予定だった？」

「いや……予定には入れてない」

「じゃあこれから、行く予定がなにかできるのかな」

「そういうことになるね」

「なんかおかしい。私は経験したことなのに」

ははは、と乾いた笑い声が出てしまった。

「私の記憶なんてあてにならないよ」

そのほうがよかった。

口が裂けても、言わないけれど。

芽吹君は空の向こうを見ていて、なにも言わなかった。

「そんなに何回もタイムトラベル？　タイムスリップ？　できるものなの？」

このまま無言になってしまうのが怖くて、質問を重ねる。

「一回の申請で限度はあるんだ。あと期間も限られる。実はここに来たので二回目」

「まだ回数は残ってる？」

「うん……ただ……」

「ただ？」

なにかを言いかけて、芽吹君はほほえんだ。

「ううん、なんでもない」

やさしく。私を見て。

ああ、なんでもないなんてことはないんだな。

そう思ったけれど、口にはしない。言いたくないこと、言えないこと、ひとにはいろいろあるだろう。

気になったって、そのラインは踏み越えないようにしたい。

そのほほえみで、会話はとぎれてしまった。お互い、ことばがなくて雨の音や行き交う車の音だけが耳につく。

芽吹君がふいに私を見てはにかんだ。

あの日、桜の木から落ちてきたときと同じように。

彼は彼だけど、未来から来たなんて話、現実的じゃない。かといってなにを聞いたって、未来のことなんて私にはわかりっこない。

その思いがばれたのか、芽吹君はわずかに空を仰いでかるい息を吐いた。

「証明することはできない」

「……うん」

どんなに芽吹君のことを信頼していたって、タイムスリップしてきたなんてあっさり信じることはできないだろう。たしかに彼は植物を愛しているし、頭もいい。でもそれが未来の植物学者だという証拠にはならない。これが未来からきた証です、なんてなにかを見せられたってわかるわけもない。

それがよけいに、はがゆかった。

そんな冗談よしてよ、と笑うこともできない。

わかった信じる、と断言することもできない。

曖昧模糊とした感情が、私のなかにうずまいて、雨のなか傘を捨てて叫んでしまいたい気持ちだった。

「七月に桜が咲いたら、すこしは信じてもらえるかな」

百万遍《ひゃくまんべん》の交差点で、彼が消えるような声でつぶやいた。

私は答えることができず、このまま信号が永遠に変わらなければいいのに、とひそかに願っていた。

家に着くころには、靴はすっかり濡れていた。結局、北白川まで並んで歩き、この間と同じところで別れた。彼の靴も同じようになっていただろう。

そういえば、彼が帰る家には誰かいるのだろうか。

いつか見た映画みたいに、催眠術や特殊なアイテムなんかでどこかの家族のふりをしているんだろうか。それとも誰もいない部屋に帰るのだろうか。

きゅうっと、どうしてか胸が痛くなる。

濡れた制服を干し、ベッドに転がっているとドアをノックする音が聞こえた。

はい、と答えると顔を見せたのは兄だった。

「もうすぐご飯だって」

それだけかと思いきや、まだいる気配がして頭を上げると兄がドアにもたれかかって立っていた。

「……なに？」

「随分とセンチメンタルな顔して帰ってきたなあと思って」

「馬鹿にしてる？」

「いやいや、妹思いなだけですよ」

その言いぐさにかちんと来たけれど、枕とかティッシュの箱を投げつけるような気力は沸いてこなかった。

「ねえ、質問なんだけど」

「おや、めずらしい」

その代わり、考える前に口が動いた。起きあがって、ベッドの縁に座る。

「タイムスリップって、現実的にできるの？」

べつに彼のことを話すわけではない。

でもすこしだけ、頭と胸のなかを整理したかった。

兄は一瞬、ぱちぱちと瞬きを繰り返したものの、すぐにうーん、と考え出した。

これでも一応、頭はいい。大学でなにをやってるのかは知らないけれど。あと空想癖なところもあるけれど。

「ないって証明はできないよね。でもまあ今この時代にはないのかもなあ」

「未来には？」

「それはさすがにわからないよ。未来のことなんだから」

「あるかもしれない？」

「俺的にはあって欲しいね、たのしいから」

そのことばに今度は私が目を瞬かせてしまった。

「たのしいからって」

「え、だって未来だよ？　好きな時代に旅行に行けたり、しゃべる猫型ロボットがいたりするほうが、今からたのしいじゃない」

「そのころには生きてないんじゃない？」

「そう？　五十年前にはスマホなんてものも夢物語だったかもしれないんだし」

時折、兄のこの思考についていけなくなることがある。自由というか柔軟というか、たぶん考えるスタート地点も道筋もゴールも、私とは違うんだと思う。

でもだからこそ、話したくなることもある。くやしいけど。

「じゃあもし、未来から来ました、ってひとに出会ったらどうする？」

たぶん私がほんとうに聞きたかったのはこっち。軽くしゃべってくれる兄のおかげで、気楽に話せる。

「自分は宇宙人だ、っていうひととか？」

つっこまれたら面倒だなって思っていたけれど、その心配はいらなかったらしい。

「幽霊です、とか」

「いや幽霊は実体がないから違う話になりそうだけど」

「べつに細かいところはいいから。たとえばの話」

兄は「そうだなあ」と腕を組んで考え出した。

「そのひとの目的がわかんないと動きようがないけれど。まあ困ってるなら助けるかな」

さらっと答えて、兄は自分の回答にうんうんと頷いていた。

「……助ける？」

「いやだって、未来人だろうが宇宙人だろうが地底人だろうが、困ってたら力になろうかなって思うでしょ」

力になろう。

そのことばに、すとんと落ちるものがあった。

「……そういうもん？」

「そういうもんじゃない？　たいがい、困ってるひとを助けるところから物語は進むし」

「え、いや、物語とか関係ないし」

「なんで？　人生において物語は必要だよ」

またそういうこと言う、という顔で兄を見つめてやると「まあともかく」と兄は組んでいた腕をほどいた。

「正体がなにかより、その人に悪意があるかとかないかとか、困ってるのかどうかとか、俺ならそっちを大事にしたいかな」

兄が言い終わったと同時に、階下から母が呼ぶ声が聞こえてきた。兄の親指が「行こうか」とドアの外をさす。

「すぐ行くし、先行っといて」

私がそう言うと、兄はなにも言わずに部屋を出ていった。階段を下りていく足音が聞こえる。

深く、息を吐いた。

話したおかげでだいぶ心が軽くなっている。

それにわかった。私がどうしたいのか。

芽吹君がほんとうに未来から来たのか、そうじゃないのか、そこはやっぱりわからない。まだ信じられない気持ちだってあるし、でも彼の言うことだから信じたい気持ちもある。

ただ、そこに決着を今つけなくていい。

それよりも今、私がどうしたいのか。

彼が植物を前に見せた笑顔を思い出す。そしてそれを私がどう見ていたか。

「よし」

息を吸って、立ち上がる。

物語なんて、そんなロマンチックなものじゃないけれど。

でも進めるために、私も進む。

火曜は曇り空だった。タンポポがすくない日の光を頼りに綿毛を広げている。バス停まで歩きがてらそれをふうと吹いていたら、私の後ろから小学生がその綿毛を追いかけて走り去っていった。

話すぞ、と昨夜決めたものの、どう切り出すべきかと考えあぐねるうちにバスは学校に着き、私は教室の前にたどり着いてしまった。

そのうえ、タイミングがいいのか悪いのか、教室に入る手前で芽吹君とはち合わせてしまう。

「おはよう」

「おはよ」

予想外のことに焦ったけれど、悠々とした彼のおかげですんなりと口は開いた。

それでも、彼も思うところあるのか、互いに教室に入れずに立ち止まってしまう。

向かい合ったまま。

「……あのさ」

かといってここで話し続けるのも適当でない気がした。

「今日、一緒にお昼ご飯、食べない？」

だから改めて機会を、と思ったのだけど。

言い終わってすぐ、私は今いったいなにを口走ったんですかね？という気持ちでいっぱいになって、まじめに穴があったら入りたくなっていた。馬鹿か私は。そう誘ってどうする。

「いやちょっと待って、今のなし」

慌てて言うも時遅し。

芽吹君はきょとんとしてから、あくせくする私を見て笑い出した。

「今のなし、なの？」

口許に手を当てくつくつと笑う姿がちょっとかっこよくて、ああ、人気がでるだけあるなあと思ってしまう。失態をかましたからこそ、妙に冷静に見ている自分がいる。

しかし、廊下をゆく生徒たちがちらちらとこちらを見ていくのは居心地が悪かった。

「……違う、えーと、ちょっと話す機会が欲しくて」

女子生徒たちが「は？　なんでお前が？」みたいな顔をしている。いやほんとすみません。

「うん。なら昼ご飯、一緒に食べようか」

芽吹君はそんな女子たちの態度には気づいていない。いやもしかしたらわかってはいるけれど知らないふり……というわけでもない気がする。彼なら。だからこそちょっとたちが悪い。

やわらかい笑みで、やさしい声で。

「やっぱり嫌かな?」

「っ、いや、嫌じゃない、です」

じゃあ約束ね。

そう言って、彼はにっこりと笑った。

べつに私に好意があるわけじゃないだろう。彼の秘密を知ってしまっただけ。その秘密を知ってしまったのは、私も雑草ばかりとはいえ植物が好きだったから。そしてそのつながりも、あの日偶然、桜の木の下に私がいたからできた。

だからきっと、私じゃなくてもこれは成立する。

息を吸ってぐっと溜める。

「うん」

とだけ頷いて、私は教室に入った。芽吹君もワンテンポ遅れて入ってくる。席に着いたのはほぼ同時。

何気なしに窓の外を見る。その視界のなかには彼もいて、窓枠というフレームに切り取られている。

曇り空はうすいグレー。

彼には似合う色にも思えるけれど、でもやっぱり晴れていてほしい。

もう一度深く息を吸う。今度は溜めないように。

私の視線に気づいた芽吹君と目があった。彼はなにも言わずかすかに笑ってくれる。

私も笑い返す。だいじょうぶ。

私じゃなくても成立する、きっと。

でも今は、今回は私なんだ。

特別だとか好意的ななにかとかは関係ない。私が、どうしたいかだ。

そう信じて待つ昼休みはあっという間にやってきて、夏乃にひとこと断りをいれると、彼女は「そう」と凛とした笑みを向けてくれた。馬鹿にしたり楽しんだりしていない。

「ひとりにしてごめん」と私が言うと「私がひとりで食事もできないやつだと思って？」とさらりと言い返される。そうでした、夏乃はそういうひとでしたと思っていると「夏乃ひとりで飯食うの？　じゃ俺らと学食行こうぜ」と愁平がさらってゆく。

男子数人のなかに夏乃はするりと入ってしまう。

教室だと話がしにくいから、花壇のところに行こうと決めて、待ち合わせもそこにした。

さいわい、天気が微妙すぎるせいかほかには誰もおらず、修復されたベンチにひとり芽吹君が座っている。購買部で買ってきただろうパンがハンカチの上に置かれていた。

誘ってしまったときは焦ったけれど、いざ隣に座ってみるとそうでもなかった。考えてみれば一緒に植物園に行っているし、カフェにも入っている。いまさら食事ぐらいで、とも思う。いやでも学校でこうやって、と考えるとやはりどこかこそばゆい気もする。

「昨日は、ごめんね」

黙っていた私を心配したのか、芽吹君が謝りだした。

「変な話をした。忘れてもらってかまわないよ」

さみしそうに、笑いながら。

謝る必要なんてないでしょ、と言い返そうと思っていた私は、その顔を見て腹が決まったというか、妙にどっしりと構えることができた、と思う。

「忘れてほしい話なの？」

声に思わず力がこもってしまって、落ち着けと息を吸う。

「なかったことにしてもいい。芽吹君がそう願うなら。まあ私は忘れないと思うけど。忘れたふりをする」

それは本心だった。彼が未来から来たのかは関係なく、そうしてほしいと言うならば、私はその気持ちを尊重する。そういう人間でありたい。

「でも」

ただすべて従う義理もない。

「私は、芽吹君と一緒に、七月に咲く桜を探したい」

たとえ彼がなかったことにしたくとも。

それを確かめたかった彼の気持ちまで、私はなしにしたくない。

「どうしても確かめたくなる性格なんでしょ？」

さみしそうな笑みが、泣きそうな顔にかわった。

ずるいなあと思う。そんな顔。

ほかではしないほうがいいよ、とも思う。

きっと簡単に落とせるから。

「ちなみに、芽吹君のためじゃないから。私のため」

悪いけれど、とつけ加える。

「芽吹君のその願いを叶えたい、って思う私のためだから。あと芽吹君の話したことを全面的に信じてるかと言われると、うなずけない。ごめん」

そこまで言ってしまうとすっきりした。自分のしたいこと、自分の思うところがようやく整理された気がする。

彼は「うん」と頷いて、空を仰いでから表情を変えた。

もうさみしさも、涙もない。

「ありがとう」

いつも以上に、うれしそうでやわらかな笑みだった。

「まあ知識も情報もないんだけどね」

「うん……でもひとりより、ふたりのほうがいい」

それになにより、と彼が言う。

「華がそう思ってくれたことが、うれしい」

いやほんとずるい。ほんとうに、ひどい。まともにその顔を見ていられる私がすごい。

まともに見れている……と思う。ちょっと自信ない。

しばらく見つめ合ってしまって、いやさすがにと目の前の花壇に視線をずらす。

最近あまり見に来れていなかったけれど、芽吹君は手入れをし続けているみたいだ。

奥のほうにヒマワリらしき苗が育っていた。その手前にちいさな青い花が咲いている。

ツユクサだ。

「まだしぼんでないね」

私が見ていることに気づいたのか、芽吹君が言う。

ツユクサは朝に咲いて半日でしぼんでしまう花だ。朝露のように儚い、と言われるらしいけれど毎日あたらしい花が咲く。露草色という色名があるほどきれいな青色の花びらだ。

その儚いと言われつつも強《したた》かな青さが、目に残る。

「このあいだ、ハキダメギクが咲いてたよ」

「ああ、かわいそうな名前の……」

「たしかに。ゴミ捨て場で発見したからなんだよね」

「にしてもほかにつけようがあったと思う」

「うん。花言葉は不屈の精神」

「そんな、ど根性大根みたいな」

「え、なにそれ?」

いつの間にか漂っていたしっとりした空気は消え、植物の話にきらきらする芽吹君の姿が戻っていた。

こっちのほうが好きだなあと思いながら、ようやくお弁当箱のふたを開ける。天気はいまいちだけれど、気にならない。

結局、昼休みのあいだずっと雑草の話をして、チャイムに焦ってふたりで教室に帰った。ちらほらこっちを見る目があったけれど、もうべつにいいや、という開き直った気持ちがあって、内心笑ってしまった。

特別じゃない。

でもきっとあの笑顔は、私だけが知っている。

＊

ところがああは言ったものの、数日で私はすでにくじけそうになっていた。ない。どこにもない。

ネットも図書館も探したけれど、七月に咲く桜の情報なんてかすりもしなかった。

芽吹君が見つけたのは「七月に桜が降った」というたった一文のデータだけらしい。ただ小説や詩の一説ではないだろうと彼は考えたとのこと。(ほかにこうこうこういう痕跡がとかいろいろ話してくれたけれど未来の技術はよくわからないなという感想しか生まれなかった。情けない)

唯一、発見したのはちいさなウェブ記事。しかしそれは東京で去年七月に開催される予定だった国際会議のときに桜を飾ろうとした桜守がいた、というもので、実際はその会議が諸事情で開かれず桜も咲けずに終わった、とのことだった。

芽吹君の見つけたその一文は、おそらく今年の七月、つまり来月であるらしいから、そのウェブ記事は違うだろうと結論づけた。

「七月に桜が降った」という記述から、降るイコール咲くなのか、ということもふたりで考えてはみたけれど、じゃあ逆に咲く以外にどういう状況を降るというか、と議論してやっぱり桜吹雪のことじゃなかろうかと落ち着いた。

桜の木が降ってくるとなると、異常気象もなにも天変地異の香りがする。さくらんぼの可能性もないことはないけれど、さくらんぼだって「降った」なんて聞いたこと、私はなかった。

「なんで咲いたじゃなくて降った、なんて書いたんだろう」

私の疑問に彼はうーんと悩みながら答えた。

「降ってきた、とたとえるほど、とても、感動的だったんじゃないかな」

もっと論理的に考えるかと思っていた私が笑ったから「研究ってロマンが大事なんだよ」と力説されてしまった。こういうところは兄と似ている。想像力豊かでロマンチスト。だからこそなにかを深く追究できるのかもしれない。ちょっと、うらやましい。

最初はたのしかった。はじめは。

「やっぱり、どれもすっかり緑だね」

晴れた休日の植物園で、桜林をともに散策する。

六月も半ばを過ぎた今、このあたりはひともまばらだった。そのぶんゆっくり観察できていい。

「あらためてじっくり見ると、桜もこんなに種類があるんだ」

私がつぶやくと、芽吹君がうなずいた。

「早咲きの寒桜、河津桜、染井吉野はもちろん、緑色の桜の御衣黄《ぎょいこう》……ほんとうに、たくさん」

「名前がすらすらでてくるあたりはさすが」

私なんて桜を見てもきれいだなあと思うばかりで、品種を気にしたことがなかった。

桜品種見本園と桜林とゆっくり見て回って、十月桜などの秋冬咲きが集められたエリアにつく。

四季桜、ヒマラヤ桜、エレガンスみゆき……秋頃から春まで咲く桜にもこんなに種類があるとは知らなかった。

横に立つ芽吹君をそっとうかがう。

でもその顔に、残念そうな色はなかった。

「……もしかしてさ」

ふと思い浮かんだことをたずねてみる。

「もっとはやくに、ここには手がかりもないってこと、わかってたんじゃない？」

芽吹君が転校してきたのは五月末だ。探しているのなら、ここはとっくに調べているんじゃないだろうか。

彼は私の質問に、照れ笑いのような顔を見せた。

「やっぱり。それなら、断ってくれていいのに」

今日、植物園に誘ったのは私だ。

そりゃそうだ、なんでもっとはやくに気づかなかったんだ私、と自分に呆れていると芽吹君が「いいんだ」と笑った。

「一緒に来たかったし」

照れもせずそんな台詞をあっさり吐く。

おかげでこっちの気持ちが落ち着かない。いやでも前に一緒に行こうと約束もしていた。

だから私だっていまさら照れる必要もない、はず。

「バイカモ、咲いてるかな」

芽吹君から目をそらして、話題も変えてしまった。さりげなくを装って。

「せっかくだし他にも見ていこうか」

そう言う彼の声が弾んでいて、私のこころもちいさく跳ねた。

そんなふうに過ごして、調べて。でも手がかりになりそうなものすらつかめないことがわかってくると、だんだんと「ありえないのではないか」という思考が頭のなかに浮かんでくるようになってしまった。

諦める、という単語が頭をよぎったとき、芽吹君は察したように諭してくれた。

「資料が必ずしも正しいとは限らない。咲かなかったら咲かなかったという事実を知ることができるのだから、それでいいんだよ」

調査や研究は必ずしも予想した結果にはならないから、と彼はほほえんだ。

言ってることはわかる。世界史の教師も史実が必ず真実とは限らない、と何度か口にしていた。書き換えられたり、一方的な視点でしかなかったり、残ってきたものだけが事実でもない。それがほんとうかどうなのか、確かめに彼はここに来たのも理解している。

でももし、見つけられなかっただけなら。

芽吹君の知らないところで、咲いていたのなら。

そう想像すると、やるせなさのような気持ちが胸のなかに広がっていってしまう。

私は、彼に七月に降る桜を見てほしいのだ。見たい、という希望を叶えたい。植物を「この子たち」と言う笑顔で、見てもらいたい。

時間ぎりぎりまでがんばろう。

過ぎていく日々と、近づいてくる七月を前に何度もそう思っていた。

でもどうしてか、そう思うたびに痛いものが、どこかに生まれていた。

久しぶりの快晴の金曜、私は夏乃と放課後を過ごしていた。

といってもべつになにかするわけでもなく、ただぼーっと窓からグラウンドを見ている。芽吹君は今日しかないとばかりに花壇の手入れに行っていた。

「手伝わなくていいの？」と夏乃に聞かれ「やりたくないって最初に言った」と素直に答えたら「華らしいわ」と笑われてしまった。

この晴れ間を逃すまいと、グラウンドでは運動部がめいっぱい動いている。野球部の声なんてよく通るから、ここにいたってうるさく感じるほどだ。

もちろん、陸上部もいた。校舎から離れたところにいるけれど、愁平の姿は確認できる。塚本さんも。

大会は芳しくない成績だったものの、諦めずに彼女は練習に励んでいた。それは、遠くからでも伝わる。あいかわらず私のことは睨みつけてくるけれど。

いやそこまで嫌われてるのも逆に新鮮味を感じてしまう。陸上から逃げたこととおそらく愁平への恋心も重なって、というかかけ合わされて、たぶんめんどいことになってるんだろう。愁平と私はただの幼なじみだというのに。

私だって、べつに結果が悪くたって諦めないと思う。むしろ次こそって悔しさとやる気があって、なにが悪かったかって改善する方法を考えただろう。だから特段彼女がすごいとかえらいとかは思わない。

けれど。

「諦めたらだめだって、誰が言い出したんだろうね」

開けた窓枠にもたれかかって、ため息混じりにそんなことを言ってしまう。

夏乃は笑ったりなによいきなりと訝しんだりすることなく、窓の外に目を向けたまま言った。

「さあ、熱血野郎なんじゃない」

とたん野球部の顧問である数学教師の顔が脳裏に浮かんで笑ってしまう。

「夏乃は諦めたことある？」

「そりゃああるわよ。家にあった高そうな花瓶がどうしても欲しかったのに親に断られたりとか」

「まず初期設定がおかしい」

「和菓子職人になりたかったけど壊滅的に不器用とか」

「ああー……たしかに……」

小学生のときの図工の作品を思い出して同意してしまった私に、射るような視線が向けられる。

「家の仕事は好きだったから、継ぐ能力がないとわかったときは悔しかったわよ」

再びグラウンドに視線をうつした夏乃の額を、風になびいた前髪が撫でていった。

その話を初めて聞いたのは、中二のときだった。

そろそろ進路を考えなければならなくなってきて、夏乃は家を継ぐのかと私がたずねたのだ。

答えはノー。お店はお兄さんが後を継ぐらしい。

そして彼女は、和菓子が、店が、家の仕事がすごく好きだからこそ、中途半端に関わるのはやめてべつの分野で生きていくとはっきりと答えた。

「もしかしたらやっぱり和菓子に関わるかもしれない。でも一度は離れることにする」

凛と答えるその姿に迷いはなく、当時まだなにも考えていなかった私はただただ圧倒されるばかりだった。

それを「諦めたこと」として話したのは、今が初めてだ。

「後悔してるの？」

「え？」

「陸上をやめたこと」

高い金属音が空に抜けていった。

これも初めてだ。夏乃は一度も、私が陸上をやめたことに言及してこなかった。

「いや、まったく」

まったくの「っ」の部分に力をこめて答えると「そう」と笑われる。でもそれは嫌みったらしくない、清々しい笑いだった。

後悔はしていない。インターハイには出れなかったし優秀な記録も残せていない。でも未練はなかった。

ただひとつ、私のなかにある「諦めてなにが悪いんだろう」という思いが、今はすこし邪魔だった。

すこし、いやとても。

七月に咲く桜なんて見つからないんじゃない？　諦めたら？　べつに諦めたっていいじゃん。

いつかそんな想いが自分を浸食するのではないだろうか、なんて馬鹿なことすら考えてしまう。

「事故は？」

「え？」

唐突な質問に思わず聞き返す。

「事故のことは、もう平気なの？」

夏乃には、初めて聞かれたかもしれない。もちろん事故直後は彼女も心配してくれていたけれど、かといって過剰に私をケアしようみたいな姿はなかった。

「あー、まあ、うん。だいぶ平気」

実際はどうだかわからない。今でもときどき夢は見る。

でも、怖がっていいんだと教えてもらった。

だから今はすこし、前とは違う、と思う。

「そう……事故のことは、関係ないのね」

「陸上をやめたことに？　ああ、まあきっかけ程度で、理由ではない」

これもきっぱりと言い切ると、夏乃はそう、とまた頷いた。

「諦めてなにが悪いの？って、華は思ってるでしょう」

それは質問ではなく言い切りだった。

夏乃のほうを向く。彼女も私を見て口角を上げた。

「悪くないわ、それはべつに。だってどういう考えを持とうが個人の自由でしょう。他人に強要される筋合いもない」

心地のよい風が教室内に吹き込んできた。空気は梅雨の湿度をはらんでいたけれど、夏乃の髪をさらさらとさらってゆく風は、乾いていた。

「でもね、それより自分は新しい道を選んだだけよ、って考えるほうがいいんじゃないかって、私は思うのよ。もちろんそれが正解かもわからない。なにが正しくて、なにが正しくないのか、そういうのはわからない……きっと一生わからないと思う」

新しい道を選んだだけ。

そのことばがすうっと入ってくる。

「前に白岩さんが言ってたように、そういうものさしで生きるより、自分がどう思うかで生きていったほうがいいんじゃないかって、私は思う。でもこれだって私の意見なだけで、華がどう思うかは自分で選ぶのよ」

ああ、そうか。

ひとつうなずくと、晴れ晴れとした気持ちが生まれた。

「ただのことばだけど、ことばは存外いろんな空気をはらむから。選んだ単語ひとつで自分の気持ちも相手への伝わりかたも変わるんじゃない？」

ふたたび高い金属音が、空をつきぬけていった。

「夏乃は諦めたんじゃなくて、選択した？」

「諦めて、選択したのよ」

夏乃の横顔はきれいだった。

「諦めたのは事実。でもいつまでもそんなこと引きずって生きてられないじゃない」

だから今は選択しただけよ、って考えてるのよ。

そうつけ加えて彼女は、毅然とした笑みを見せてくれた。

私も、陸上をやめたことは後悔していない。

でもたぶん、引きずってきてたんだと思う。だからいつもどこかにわだかまりがあった。

陸上はあっさり諦めたくせに、って自分自身がいちばん思っていたのかもしれない。

「陸上は諦めたのに、ほかのことは諦めきれないってなってもいいのかな」

ぽつりとつぶやいた私のことばに、夏乃が目を見開く。

「当たり前でしょう。諦めきれないものに出会ったのなら、しあわせじゃない」

「……そっか。そうなのかも」

「言っておくけれど、一度諦めたり挫折したりしたからはいそこから負け犬人生、なんて考え、超絶ダサいからね」

「超絶ダサいって」

「ひとを非難したり否定してくるやつって、だいたいこのダサいってのが嫌いだから、そう表するのがいちばんいいのよ」

「えーどこ調べそれ」

「私の人生」

「そんな自社調べみたいな、って言いたいけれど、いろいろありそうだから納得してしまう」

「あら、さらっと失礼ね」

風に吹かれて笑いあっていると、グラウンドで手を振っている愁平の姿が目に入った。こっちに気づいたからとはいえわざわざ律儀なやつだ。応えてやるとまた練習に戻っていく。

やっぱり愁平は部長に就任するらしい。それは周りが決めたことだけれど、やると最終的に決めたのは愁平だろう。がんばれ、と声に出さずその姿を応援する。

その横を、塚本さんが歩いていった。彼女は調子が悪かろうと練習を続けるという選択をした。私は怪我をきっかけに陸上はやめるという選択をした。理由がどうであれそのことに後悔はしていないし、彼女もこれから先どうなろうとそうあってほしい。

「そろそろ帰りましょ」

夏乃の一声で、窓を閉める。教室の湿気った空気はもうなくなっていた。


まだまだ梅雨明けには遠いけれど、さいわいなことに今日、土曜日も晴れていた。芽吹君と府立図書館に行く予定だったのでありがたい。自転車にまたがって、岡崎へと向かう。

のはずが、私はいま、芽吹君と動物園にいた。

いや、待ち合わせ場所の図書館前にはきちんと行っている。十五分前には着いたのに彼はすでに待っていて、私は慌てて自転車を停めた。

今日は図書館で、なにかヒントになるものはないか探してみる予定だった。が、挨拶を交わしたあとの彼の発言で、予定は変更になった。

「せっかくだからこのあたりをすこし見てまわりたい」

天気もいい。そのうえ岡崎は平安神宮に美術館、動物園、疎水、おしゃれな書店、と見るところはたくさんある。すこし歩けば南禅寺も永観堂もあるから、観光客だって多いエリアだ。

だからそういう気持ちもわからなくはなかった。

でも桜は?という焦りに似た気持ちも、私のなかにあった。もしかしてどうせ見つからないと思い始めているのは、という不安も生まれてしまった。

私の感情を読みとったのか、彼は泰然自若とした明るい表情を見せた。

「一日ぐらい、だいじょうぶ」

「……でも七月ってもうすぐだよ?」

「うん、でも……そうだなあ、たまには」

そこで芽吹君がことばを切った。

私を見て、はにかむ。

「……たまには?」

思わず聞き返してしまう。

彼は目をそらし、空を見上げて、ゆっくりと笑う。

「天気もいいし、他のことをして、一緒に過ごしたいなあって」

せっかくだし、と芽吹君はつけくわえる。

そんなんで、いいのだろうか。

そう頭のなかでは思っていた。七月に咲く桜を見つけたい、その一心で彼はここまで来たんじゃないのだろうか。

でも同時に、くすぐったくて、うれしいような気持ちが心にあった。

そのひとことでどうしてか頬がゆるんでしまう。

ここしばらくは一緒にいても頭をひねってばかりだった。

「まあ一日ぐらい、いっか」

ということで、まずはと動物園にやってきていた。

京都市動物園は図書館よりすこし東にある。すごく大きいわけではないが、何気に日本で二番目に古い歴史ある動物園だ。

もちろん芽吹君は、そこらの子どもよりはしゃいでいる。通りすがりのお母さんお父さんたちがくすくすと笑うほどに。

植物学者で植物を愛しているのはわかっていたけれど、彼は動物も好きらしい。ガラス越しに見る間近のキリンに興奮し、京都の森エリアにいるアナグマやキツネを愛しそうに見つめ、空中通路を歩くトラの姿に魅入っていた。

下手したら閉園までいそうだと私はそれなりにうまく誘導したつもりだったけれど、ふれあいグラウンドでヤギとヒツジにやたら懐かれる芽吹君を見ていたら、もうどうでもよくなっていた。

「うわあ、かわいいなあ。思ったより、毛がしっとりしてるんだね」

もこもこのヒツジを撫でて、芽吹君が感無量といった顔を見せる。次々とやってくるヒツジをかわりばんこに撫でる姿を見て、思わず奈良でシカに囲まれてもこの余裕があるだろうか、なんて想像して笑ってしまった。

「ヒツジ触るのははじめて?」

私の質問に彼はうなずく。

「犬と猫ぐらいしか触ったことないかな……あ、いやフクロウはあるよ」

「フクロウ、それはめずらしい」

「保護施設に見学に行ったときにね。一度きりだったけど、ふわふわしてた」

こういうふうに自由に触れあえるの、やっぱりいいなあと芽吹君は遠い目をしてつぶやいていた。

ちなみになぜか彼はちびっこたちにもモテた。動物が近寄ってくるせいか、子どもたちも彼に親しく話しかけ一緒に遊んでくれる。それがまた芽吹君はうれしそうで、私も近くで眺めながらずいぶんとほんわかしてしまった。

「次はあの神社に行こう」

堪能した芽吹君は動物園を出ると平安神宮の大きな鳥居へと歩き出した。

「きっと好きだと思うよ」

お参りをすませて、芽吹君を神苑へと誘う。彼は入ってすぐに庭に感動していたけれど、白虎池に近づくとことばがなくなっていった。

見頃は今月の上旬だったかもしれない。でも池にはたくさんの花菖蒲がまだまだ咲いていた。

紫、青、白の花菖蒲が池を彩る。睡蓮も咲いている。緑のなかにさまざまな色が浮かんでいて、しばらく佇んでしまうほど、うつくしい景色だった。

芽吹君はなにも言わなかったけれど、その顔を見ればどう思っていたかはわかる。

広い庭園をゆっくりと見て回っていると、彼がぽつりとこぼした。

「百年以上経っても、いや経ったからこそ、うつくしい庭なんだろうな」

人の手で造り出された庭も、年月を重ねて自然となる。

だからこそ生まれたうつくしさに彼が気づいて、私に教えてくれた。

芽吹君が生まれた時代に、私たちはなにか残せているのだろうか。そしてそれは自然なのだろうか、人工なのだろうか。

そんなことを思ってしまって、でも、もう笑うのもやめた。

思ってしまったならそれでいい。無理に否定する必要もない。

平安神宮をあとにすると、お昼ごはんを食べ損ねていることに気づいて、近くのカフェに入った。もう三時で昼食という時間ではない。

「……ごめん、おなか空いてたよね」

しょんぼりと芽吹君が謝るけれど、正直なところ私もすっかり忘れていた。

忘れるぐらい、私も楽しんでいた。

「ううん、たのしそうでなによりだし。それに、私もたのしい」

素直にそう言うと、ほっとした顔を見せてくれる。

さきほど彼が近くの大型書店に惹かれていたのを思い出す。雑貨も売っていて、おしゃれなこだわり書店だ。

「動物園も本屋も、未来にはない？」

あまりにも芽吹君があれもこれもとはしゃいでいるので、問うてしまう。深い質問ではない。笑いながらする他愛のない話のように。

「いや、一応あるんだけどね……でもちょっと違うかな。動物園はもっと大きい施設だけれど、遠目に見ることしかできない。本屋はあまり変わらないけれど、売ってるものは違うから」

なるほど。たしかに図書館なら古い本も置いているけれど、本屋は基本的にそのときの本しか置いていない。動物園でのあのうれしそうな顔もわかる気がする。

「休みの日にほかの書店には通いつめたけどね。図書館にも。でもさすがに全部は読めないから」

「そうか、持って帰ったりはできないか」

「うん。だから頭につめこむしかなくて」

「便利なアイテムとかないの？　未来の道具」

普通に話しているけれど、未来の道具なんてよく考えたらしゃべる猫型ロボットの世界だ。

「そういうものも一切持ち込めないから」

「厳しい」

「うん、厳しいよ」

それでも来たいと思って、しかも芽吹君は来る資格があったんだろう。

会話が落ち着いたタイミングで店員さんが飲み物と軽食を運んできてくれる。忘れていたくせに、いざ目の前にすると急におなかが空いてきた。

オレンジソースのかかったワッフルを切り分け頬張ると、芽吹君がコーヒー片手ににこにことこちらを見ていた。

「……なにか?」

「普通に会話してくれてるから、なんだかうれしくて」

「え、普通って?」

「いや、だって信じてないでしょう?　僕の話」

穏やかに笑いながら、そんなことを言う。

こういうときのその笑顔は、あんまり好きじゃない。

「信じてるか信じてないかでいえば、やっぱりまだ信じられない」

そういう顔をしてほしいわけじゃない。

「でも無理に否定する必要もないかなって。だから今は、ああそういうこともあるのかもねふーん、って感じ」

だからはっきりと言っておく。

「信じてないのと否定するのは違うと思うんだけど、ニュアンス伝わる?」

単語ひとつで変わる。夏乃のことばがよみがえる。

ないかありかでいえばあってほしい。そう話した兄の姿が思い浮かぶ。

芽吹君は私のことばに目をぱちぱちさせていた。でもだんだんと口角があがり、破顔する。

こっちのほうがいい。断然。

「まあかといってどうしたら信じるって言えるのかも謎なんだけどね」

「うーん、そればっかりは……」

「でも芽吹君自身のこととは別だし」

「僕のこと？」

「そう。芽吹君がどういう人間で、一緒にいたいと思えるか……どう、か……」

言っていることに気がついて、途端顔が熱くなる。穴があったら入りたいどころか埋もれてしまいたい。軽口を叩くつもりでしゃべっていたのに、いったいなにを言っているんだ私は。

「待って、いまの」

「いまのなしは、なし」

急いで否定しようと思ったら、阻まれてしまった。その雅やかなほほえみに、思わず目をそらす。

「ありがとう」

否定させてくれないならなにも言わないで、と願っていると彼から発せられたのは感謝のことばだった。

うれしいとか自分もとかそういうことではなく、ありがとう。いや、べつに彼もきっとそう思っているだろうとか、そういう予測をしていたわけではけしてないけれども。

でもなにかつっこんでこの話題が長引いてしまうのもいやだし、私はひとつうなずいて終わらせることにした。

ワッフルに添えられたアイスが半分溶けてしまっている。

「というかそもそも、こういうことって誰かに話していいの？」

その残りを一口で食べて、流れを変えるべくあえて質問する。

「未来からってこと？」

「うん、あと芽吹君自身のこととか」

彼もとくになにも引きずらなかった。

「ああ、だめだよ」

「いや、え、だめなの？　じゃあだめじゃん」

あっけらかんと答えられて拍子抜けしてしまう。

「ばれるかなあ……ばれたらペナルティなんだよね」

「ええ……そんな感じなの？」

けっこう大切なことだと思ったのだけれど、芽吹君は飄々としていた。口調が軽いせいもあって重要そうに思えない。

「なんでそんな……」

「だって、華だから」

ルール破ってまで私に話すかな。

そう言うつもりが、止まってしまった。

華だから。

私だから。

「諦めないでしょう、きっと」

「え？」

「適当にはぐらかしたりごまかしたりしても、きっと食い下がるなあと」

そういう意味ね！とつっこみたくなったけれど、同時にどうしてか泣きそうになってしまって、慌てて息をとめた。

「いやーどうだろう、諦めやすいと思うよ、私」

落ち着いたふりをしたくて、あえてへらへらと笑ってみせる。

「タンポポの花びらの数、数えるのに？」

「それとは話が別なんじゃない？」

「そうかな。あんなに丁寧な絵を描けるひとが、諦めやすいなんて僕は思わないけれど」

彼はそう言って、とてもやさしい笑みを私に向けてくれた。

「……陸上は諦めたよ」

「諦めたんじゃなくて、やめるって決めたんでしょう」

今度は、息を止めても無駄だった。

俯いたとたん、涙がひとつ落ちる。

こんなところで泣くなんて最低。芽吹君の気持ちと立場を考えろって。

そう思ってなんとか堪える。気づかれる前に落ち着いてみせなければ、と深呼吸を繰り返す。

彼はしばらく、なにも言わなかった。私の様子に気づいていたのかもしれないし、気づいていなかったのかもしれない。
一、二分後に顔をあげると、さっきまでと変わらない表情で、私のほうを見てくれていた。
薄くなったアイスティーを飲み干して、カフェを後にする。美術館とか公園とかほかも見ていくかたずねると、遅くなってしまうだろうし今日はもう帰ろうか、ということになった。

自転車を押しながら、芽吹君と並んで歩く。白川通りを上がっていけば私の家には着くけれど、せっかくなので哲学の道を通ることにした。この疎水沿いの道も、桜の名所のひとつだ。

桜の見頃が終わったとはいえ、銀閣寺へとつながる道は観光客も多い。

青々とした葉桜を目を細めて見つめ、芽吹君がつぶやく。

「七月の桜……探すのは、やめようか」

もしかしてと思っていたことが彼の口から聞こえて、私はすぐに返事ができなかった。

「……芽吹君は、どうしたい？」

かといって黙っているわけにもいかない。やりすごせばいいものじゃない。

「正直に言うと、迷ってる」

彼が足を止めたので、私も立ち止まる。道ばたにハルジオンが咲いていた。

「桜が七月に咲くならば、見てみたい。それに」

「それに？」

新緑の木々の間を、雀が飛び跳ねる。

「……いや」

言いかけたことばを飲み込んで、また彼は歩き始めた。

「もし、見つからなかったら、後悔しない？」

なにを言おうとしたのか気になったけれど、たずねるのはやめにしてあとを追う。

「しないよ。前にも言ったけれど、咲かなかったら咲かなかったという事実がわかったんだから」

細い道を観光客と行き違う。自転車があるから、疎水横の石の道は歩けない。

「でも、見つからないだけだったら？」

「咲いたら、ニュースになるでしょう？」

「なるほど、たしかに」

知らない、見たことがない桜のことなら、たしかにどこかが記事として取り上げそうだ。よほど山奥のひっそりとした場所で咲かない限り。

ただ「七月に桜が降った」という一文が残っているということは、誰かが目にしたはずなのだ。

「じゃあ、来たことは？」

「来たこと？」

「そう。咲かないんだったら来なきゃよかった、って思わない？」

今までたいして気にしていなかったのに、なぜか急にそんな心配が出てきた。あれ、と私が思って足を止めてしまう。

数歩前に行ってしまった芽吹君が立ち止まり、振り返る。

「そんなの」

その顔が、めずらしくちいさな怒気をはらんでいるように見えた。

「思うわけないでしょう」

でもそれは一瞬で、つぎにあったのは悲しさやせつなさだった。ぎゅうっと胸が痛くなる。

ごめん、って言いたくなって、言えなくて、私は代わりに彼に追いつこうと足を動かす。

横に並んだところで、自転車を押していた手を、そっと彼が握ってくる。

「あの記録がなかったら、ここにいなかった」

その手を振り払おうとは思わなかった。

「……うん」

「ここに来てなかったら、華にも会えなかった」

顔は、見ることができなかった。見たくなかったし、そんな顔をさせたのは私だ。代わりに私の手に重ねられた、細くてきれいな指先をずっと見ていた。草花を労り愛するその手は思っていたよりあたたかくて、私の体温と溶け合うようにいつまでも残っていた。

＊

最近、あの夢を見ることが減ってきた。

忘れたわけじゃない。思い出さなくなることはこの先あるかもしれない。でもきっと、たいしたダメージじゃなくても記憶にはずっと残るんだろう。

日曜、朝。起きて鏡を見ると、ちょっと重たい顔の私がいた。嫌なことがあったわけでもない。眠れなかったわけでもない。

結局、七月に咲く桜を一緒に探すかどうかは「迷ったまま」にしておこうということになった。

どうするか選択する、ということは大切かもしれないけれど悩むのも大事、と彼が言った。

私のなかにはまだ諦めたくない気持ちがある。だって諦めたくないものに出会ったのだろうから。

でもこれは私だけの問題ではない。

別れ際、芽吹君が言った。

「探すのをやめても、こうやって一緒に過ごすのは、やめたくないな」

それはかすかで、消えていきそうな声で。

悲しさともさみしさとも違うその雰囲気に、私はなにも言えずただうなずくことしかできなかった。

顔を洗って再び自分の顔を見る。

走りにいこう。

こういうときこそ、身体を動かしたい。そう思ってジャージに着替え、ランニングシューズを履いて外に出た。

今日はどこを走ろうか。山を下りずに、滋賀のほうに抜ける道を行こうか。

そんなことを考えて自宅前でストレッチをしていたら、愁平がやってきた。

「おはよう」

「……おはよ」

「なんでそんな訝しげなんだよ」

愁平もジャージだった。リュックも背負っているから、たぶん部活に行くところなのだろう。休日、彼はランニングがてら学校まで走っていく。

「走りに行くんならさ、一緒行こうぜ」

そうやってさわやかに言うけれど、行き着くのは学校だ。とどのつまり陸上部だ。

「えぇー……べつにいい」

「つれねぇなあ」

「そもそもなんでわざわざ来るわけ」

愁平の家は私の家より学校に近い山のふもとにある。だから学校へ行くついでにここを通ることはない。

つまりここまでやってきたということは、一緒に走ろう以上のなにかがある。

「うーん……華さ、最近思いつめた顔してるから」

めんどくさいことに巻き込まれるんじゃ、と警戒していたら予想外のことばが愁平の口から放たれた。

「そういうときは身体動かしたほうがいいだろ」

そう言う愁平の声や表情に、やましいものなんてなにもなかった。むしろ彼はごく自然に、私にいつもの笑顔を見せてくれた。

疑った私のほうが悪かった、とちょっと反省する。

「俺じゃ、それぐらいしかできないし」

愁平が自嘲気味につぶやく。

「……どういう意味？」

なんなのその顔と思っていると、まるでアメリカのコメディよろしく両手を上げて頭を振っている。

「ま、そこが華だからな」

いやまじで意味がわかんないんですけど。でもなんかこれにつきあうのも疲れそうなので、私は「ああそう」とだけ言うことにしておいた。

「でも愁平、部活行くんでしょ？」

「まあな」

「学校まで走るの？」

「華だっていけるだろ、それぐらい」

「いや、愁平みたいな体力馬鹿と一緒にしないでほしい」

「誰が体力馬鹿だよ。俺と張り合って走るお前に言われたくない」

いーっとふたりでいがみ合って、それから愁平が清々しく笑った。

やっぱり、愁平はどこまでも愁平だ。昔から変わらない。

「しゃあないなあ、学校まで行ったら帰るからね」

「おうよ」

「ちょっと飲み物とスマホだけ持ってくる」

そう言って取りに戻って、荷物とタオルは愁平に預けた。予想どおり愁平は渋い顔をしたものの、丁寧にリュックへとしまってくれた。

家の前から白川通りまで山を下って、御蔭通《みかげどお》りを西へゆく。

大きな荷物を背負ってるくせに、愁平は速かった。この道を走り慣れているせいもあるだろう。けれどすこし前を走る彼の姿は、風を切っていて軽い。私は追いかけるだけで精一杯だ。

でも、気持ちよかった。

河川敷や山道じゃない。住宅街を進む、アスファルトの道だ。

それでも足が前に出る。腕が揺れる。ただそれだけが気持ちいい、たのしい。息は上がるしもうすでに足は重い。追いかけてばかりで離れないことに必死だ。学校までもつだろうか、なんて考えていやきっと走りきる、と前を向く。

愁平はスピードを緩めないし、振り返りもしない。

でも、いやだからいい。

無心で走る。もやもやとした気持ちを振り払うように。

身体動かしたほうがいいだろ。そう言った愁平の気持ちにすこしだけ感謝する。

やがて高野川を越え、糺《ただす》の森を右手に走り、賀茂川も渡ると愁平は細い道へと入っていく。行列のできる店がある商店街を避けて通るのだろう。必死にその後ろをついていって、ようやく学校が見えてきた。

門の前に着いたとき、額から流れてきた汗が目に入って沁みた。「ほら」とタオルが投げられる。なんとか立っていたけれど、座り込みたい気分でいっぱいだ。

対して愁平は、息は上がっているものの表情は涼しげだった。くやしい。

「やっぱ走れるじゃん」

そうやって笑うけど、答える余裕はなかった。

「歩いて帰んの？」

渡してくれたペットボトルを受け取って、無理、と首を振る。来た道を今すぐ帰るのはたとえ歩きでも地獄だ。

愁平は「そうかー」とか言いながら、リュックを背負い直して門のなかへと入っていく。いやいやいやいや、と思っていると振り返って「すこし休んでいけば？」とグラウンドを指す。

グラウンドからは、野球部の音が聞こえていた。

彼らは朝が早い。陸上部が集まる頃にはもうアップすら終わっていたりする。今はまだ準備運動っぽいし、愁平はもともと早く来るタイプだったから、陸上部はまだみんな来てないのだろう。

一瞬、彼女の姿が頭をよぎった。

嫌いじゃない。だけど会いたくはない。

どうしようか迷っていると、愁平が歩き出しながら言った。

「まだ塚本は来てないって」

大会の日以来、なにも言ってこなかったくせに。

ため息ひとつついて、私はへろへろの足で校門をくぐった。

まだひとのまばらなグラウンドの端で、準備にきた陸上部の一年にじろじろ見られる心地悪さを感じながらもしばし休憩する。愁平のフォローは一切ない。そんなもんだ。

しかしそろそろ、と思ったタイミングで塚本さんがやってきてしまった。動くのがすこしばかり遅かった。悪しくも愁平は倉庫に用具を取りに行っていていない。

予想通り、彼女は私を見つけた途端厳しい視線を投げかけてくる。それどころか、先に来ていた後輩を捕まえて「なんでいるの？」的なことまで聞いている。

なんか、その姿を見て、急にものすごくうんざりしてしまった。

嫌うのはいい。ひとの好き嫌いなんて個人の勝手だ。

でももういい加減うざかった。

愁平が戻ってくる。その後ろを一年生たちが走り高跳び用のマットを持ってついてきている。誰かジャンプの選手がいるのだろう。

「愁平」

塚本さんが来たことに気づいた愁平が私を見た。

「跳ぶ」

その目を見てしっかり宣言する。

「いきなり跳ぶのか？」

「そう、いいでしょ、一回ぐらい。六十にして」

呆れられるかと思った。いくら走ってきて身体が温まっているとはいえ、もう三ヶ月も練習していない。

もちろん跳ぶことは身体が覚えている。忘れたりしない。

でも。

「……わかった」

愁平はちいさくため息をついて、それから了承してくれた。その顔に呆れや怒りはない。むしろどこかこざっぱりとした様子で笑ってくれる。

「ようやくだな」

そう言われて、なにがと返そうとして口を閉じた。

部員の一年生は戸惑いつつも、愁平の指示にしたがってバーをセットしてくれた。

立ち上がって軽くストレッチをする。

塚本さんを見ると、嫌悪とも驚きともとれる顔でこちらを見ていた。

もうほんと、うんざりなんだ。

怪我をしてもだいじょうぶ、また跳べるよ、がんばってと言われたときと同じぐらい。

いつまでも陸上は、走り高跳びは、私を離してくれない。

でも離せなかったのは、私かもしれない。

しっかりやるならば、マットからスタート位置を足で数えねばならない。でもこれは、記録を狙うものではないから、おおよその位置に立つ。足が合わなかったときはなんとかするしかない。

自己ベストは一メートル六十五、それより五センチ低いとはいえ、楽に跳べる高さでもない。ジャンプ用のスパイクだって履いていない。

跳べる自信はない。

それでも、跳んでみせる。

深呼吸をして、走り出す。リズムよく、跳ねるように。

奇跡的に足は合いそうだ。いつもの踏切位置に力を溜める。

跳ぶ。身体を伸ばし、上へと、空へと飛んでゆく。

雲がたなびく青い空。久しぶりの景色。

ああ、そうだ。

私はこの景色が好きだった。見上げただけとは違う、寝転がったときとも違う、この景色。

ほんのすこしだけ空に近づけた気持ちになる、この瞬間。

たとえ勧められたからだとしても、跳んだら跳べたからだとしても。

私はたしかに、この競技が好きだった——

ひとが跳んでいられるのなんか一瞬で、あっというまに私の身体はマットに沈む。

落ち際、足が当たってしまった。

でも、バーは落ちなかった。

マットに沈んだまま、眩しい空を見つめる。

「……跳べたな」

マットの横にいた愁平の声が聞こえた。

起きあがって笑う。自分でもびっくりだった。ミラクルが起きてしまった。ほかの部員たちも驚いたみたいで「すげー」と言いながらぱちぱちと手を叩いてくれるひともいた。

愁平と目が合う。いつも以上に、清々しく笑っていた。

さて、と私はマットを降りる。すこし離れたところに塚本さんは立っていた。

「跳べなかったらよかった？」

我ながらいやなやつだと思う。

でもすこしぐらい、今は言ってやりたい。

「跳べるのにやめたほうが嫌味よ」

彼女はとくになんの感情も見せず、さらりとそう言った。ここで黙るようなひとではないことぐらい、わかっている。

「うん、きっとそうだと思った。でも私は、跳べるとか跳べないとか関係なしに、陸上をやめた。諦めたんじゃなくて」

夏乃は自分の夢を諦めて新しいものを選択した。

でも私は、諦めたわけじゃない。怪我をして戻ることを諦めたのだと、周りからはそう見えるだろう。

だけどやっぱり違う。私はやらないことを選択したのだ。勝手にトラウマだのなんだの決めつけないでほしい。悲劇のヒロインになるのも、情けない負け犬になるのも、まっぴらごめんだ。

息を吸う。愁平をはじめ陸上部の部員たちはなにも言えずに成り行きを見守っている。

「諦めないでがんばればっかり言われて超絶うざかった。怪我にも負けず復帰、みたいな美談を求められているのもまじでめんどくさかった。そんなん私の勝手でしょ、ほっといてよって心底思ってた」

あのとき、そう言ってきた先輩や友人たちはここにはいない。そんな話は彼女にではなく本人たちに言えって感じなのだけど。

「あんただってこの間私にがんばれって言ったじゃない」

「うん、言った。だってがんばってるひとだから。がんばってるひとに対して言ったらいけない?」

難しいと思った。自分も言われて嫌だったことがあるフレーズを他人には使ってい
る。それってどうなの?と考えてみたこともある。

「私が嫌だったがんばれは、私に対して言われていなかった。応援している自分が気持ちいいだけ。塚本さんがあのとき言われて嫌だったのは、私に言われたからでしょう?」

たかがことばだ。でもそのただのことばに、私たちはいろんなものを乗せすぎてい
る。

「陸上競技は今でも好き。嫌いにはならない。でも自分が跳ぶことはやめた」

もしかしてこれから先のいつか、戻る日もあるかもしれないけれど。

でも今は、ここには戻ってこない。

はっきり言うとすっきりした。言われたほうは最悪なだけだろうけれど。今までもやもやさせられた分のお返しだし、もう私はこれで終わりにする。

「……だからなによ、やめた事実に変わりはない。私はそれを情けないと思う」

でもこれは私の意見。夏乃が言っていたように、どう思うかどう捉えるかは個人の自由だ。

彼女がこれぐらいで意見を変えるようなひとではないことぐらいわかっているし、

そうであってくれて安心した。

塚本さんには塚本さんの信念がある。否定するのは違う。それでいい。

「うん。でも情けないと思うのと、否定するのは違う。私のことを理解してくれなくて構わない。でも、否定するのだけはやめてほしい」

理解できないのと拒否するのは違う。

私は芽吹君の言っていることを理解しきれなくても、否定したくない。

彼がほんとうに未来から来たのだとしても、ただの嘘つきでも、自分の目で見た彼を信じるし、私が知っている彼のことが好きだ。

風が吹いた。雲は流れて形を変えてゆく。

塚本さんはもうなにも言わなかった。

最後のことばだけ、すこしでも届いていたらいい。

「あと、なにも言わずにやめてごめん」

一緒にがんばってきたのに。そう付け加えたとき、ほんのすこしだけ、彼女の視線が揺らいだ気がした。

塚本さんが私に背を向け、準備を始めに行ったことでようやく周りの人間も糸が切れたように動き出した。

「あー……ごめん」

今から練習だっていうのにこの微妙な空気を作り上げてしまったことを愁平に謝る。元部員とはいえ今は完全に部外者だし、一年にとったら知らんやつだ。

「まったくだ」

愁平は腕組みをして眉間にしわを寄せたけれど、でもすぐに笑い出して「まあいい」と言った。

「すっきりしたか？」

「え？」

「やめたって言えて」

そのことばにまばたきを繰り返してしまう。だって部活をやめることは顧問にも当時の部長にも、なんなら愁平にも夏乃にもきちんと口に出して言っている。

それをいまさら、とまで思ってひとつ息を吐いた。

「私が逃げてるとでも思ってたの？」

やめた理由なんて、どう思われてもいいと思っていた。ついさっきまで。

「逃げてたわけじゃないだろうけど。でもそのことでいらいらしてんなあとは思ってた」

「失礼な、いらいらしてない」

「でもはっきり言ってすっきりしただろ」

そういえば、愁平は私を引き止めなかった。

怪我のせいか、と聞いてきて、違うと答えたら「そうか」と言っただけだった。

もしそれが怪我のせいだったらどんなふうに言われただろう。諦めるな、がんばれ、って言ったんだろうか。

「……うん、すっきりした」

わからない。でもそんなｉｆのことを考えたってしかたがない。

時は否応なく進む。よけいなことに囚われてる場合じゃない。

「うし、じゃあ昼飯おごれよ」

「え、なんでよ。私帰るって」

いやな空気を作ってしまったことは申し訳ないけれど、だからといって愁平にご飯をおごるのは違うだろう。

「今から俺は、この空気をなんとかしてみんなを練習させなきゃなんだよ」

「わー部長っぽーい……わかったわよ。でもここでは待ちたくない」

「一回家帰ればいいじゃん。昼飯は……そうだな、近所のラーメン屋行こうぜ」

なんか言いくるめられた気はするけれど、まあいっかという気分になった。

「また連絡する」

愁平がそう言って、部員のほうへと向かっていく。

「わかった。がんばって」

私の声に、彼は右手をすっとあげて応えてくれた。

昼ご飯はラーメンか、こんなへとへとで食べれるかな。

そう思いながら、校門を出る。

眩しくなってきた太陽が、道を照らしてくれていた。

＊

週末はよかった天気も、雨が戻ってきてしまった。

昨日必死に走ったせいか、それともいきなり跳んだせいか、その両方か、身体の節々が痛い。筋肉痛なんて久しぶりだった。愁平には笑われるし、事情を知った夏乃には呆れられるし、昨夜は爆睡して遅刻しかけるし、なにやってんだろーなー私、である。

でももやもやした気持ちはどこかにいってくれた。

桜のことはまだ諦めてないし、どうしたらいいかわからないけれど。

昼休み、めずらしく私と夏乃、愁平と芽吹君の四人で昼食をとることになった。

せっかくなのでランチルームに行こうと教室を出る。言い出したのは夏乃で、よけいなお節介というよりも最近たまに感じる嫉妬の視線を回避してくれた感じだった。どうやら土曜の岡崎でのことを誰かが見ていたらしい。とはいえ誰も面と向かって言ってこないし、いやがらせもないのであまり気にしてはいない。

それにこの一週間ほど、学校でも芽吹君とよく会話をするようになったのもあるんだろう。以前は必要最低限だったけど、今はそうでもない。そんなとき、ふとじとっとした視線を感じる。でもそれだけだ。

ただ芽吹君のほうは、朝からめちゃめちゃアピールしてくる女子たちがきて疲弊していた。まだいけると思ってるのか、しょせん噂だと信じていないのか。どっちにしても、モテるって大変だねえ、と横目に見ていた。

彼は誰にだってフラットで、公平で、笑顔を見せていた。めんどくさがらず、いやがらず。

でもそのほほえみは、あの笑顔とは違う。

私はもう、腹が決まったというか、べつに周りがどう思おうが、という気持ちにすっかりなっていて、夏乃にはあらまあと目を丸くされた。いやべつにつきあいたいとか恋愛としてどうこうというわけではない、と説明しても信じてもらえない。

そういうんじゃない。この気持ちは。

ただわかってほしいこともないし、誰かに話したいわけでもないから、私はそっと胸のなかにしまっておくことにした。

ランチルームはそこそこ賑わっていたものの、運良く窓際がちょうど空いていたので四人で座ることができた。それぞれにお弁当を開いて食べる。

芽吹君は相変わらずパンだったので、私と夏乃のおかずをすこしずつわけてあげた。肉！　肉！　米！　みたいな私のお弁当に対し、夏乃は野菜中心の彩りきれいな和食弁当で、合わせるとちょうどいい感じのおかず盛り合わせができる。芽吹君はそれをとても大切そうに食べていた。私以上に大食いの愁平は二つの弁当をあっというまに平らげていた。

もうすぐ本格的に夏だとか、そろそろ朝顔が咲きそうだとか、そんな何気ない話も尽きると「用事を済ませてくるわ」と夏乃が立ち上がった。

「愁平、行くわよ」

「え、俺も？」

従属するのが当たり前、と言わんばかりに愁平も引っ張り上げる。愁平はちらっとこちらを見てすこし考えるように目を細めたけれど、夏乃に従うことにしたらしく素直に立ち上がる。

私がなにか言う前にふたりはさっさとランチルームを出て行ってしまった。

「残されたね」

芽吹君が忍び笑いをする。

さすがの彼も夏乃の意図するところは気づいているのだろうか。

そう思ってお茶を飲みながら彼を見ると「ん？」という小首をかしげたポーズが返ってきて、こっちが妙に照れてしまった。

「……はやく梅雨が空けてほしい」

照れ隠しに当たり障りのない会話をふる。

窓の外には雨に濡れる雑草たちの姿があった。

「雨のなかに咲く紫陽花や蓮を見るのもいいけどね」

「うん、それはたしかに」

一緒に行った植物園を思い出す。彼の姿を半分隠す、ビニール傘。そこから見える、やさしいまなざし。

「まあ祇園祭《ぎおんまつり》までは明けないか」

「祇園祭？」

「そう、七月にある伝統行事。だいたいそのころに梅雨が明ける」

信憑性はわからないけれど、祖父も父もそう言っていた。たいてい巡行の日は晴れるし、暑くなるし、終われば夏が来る。

「へえ、おもしろいね。いつなの？」

「巡行が七月十七日で、宵宮《よいみや》が十四からかな」

去年は宵々宮に夏乃と愁平と三人で行った。でも今年の夏乃は恋人と行くだろう。

ふと彼を見ると、さびしそうな、遠い目をしていた。

「……そうだ、もしよかったら宵宮、行こう」

あれ、とその姿に胸がざわついて、あえて明るい声を出す。重たくならないように。

だけど芽吹君の顔は、曇ったままだった。

「ごめん、一緒には行けない」

それどころか、一層、寂寞《せきばく》とした空気が増していた。

どうして、と聞くのが怖い。

「……どうして？」

でも聞くしかなかった。

彼は一度目を伏せて、それから静かに息を吐いた。

「期限があるんだ」

「期限？」

「あの記述があったのは十日。だから遅くても次の日には、帰ることになる」

十日。

その数字だけがぽん、と入ってきて、え、いつのだっけ、とかぼんやりと考え出してしまう。わかってるくせに。

「黙っててごめん」

やさしかった。ものすごく。その声が。

だからよけいに苦しくって、わかりたくなくて、なにも言えなくなる。言えなくなるけれど、ここで黙ってしまうとつらくなる一方だ。

「どうしても、なんだね」

「うん、ルールだから」

そもそもすこし考えれば予想できることだ。

彼が未来から来たのなら、いつか未来に帰る日もある。

ただほんのすこしでも考えたことなんてなかった。そんな日が来るなんて、微塵も思っていなかった。

こんな、そんなすぐに。

「桜が、咲いても、咲かなくても？」

「うん、それは関係なく」

「戻らなかったら？」

「期限を過ぎたら、二度と帰れなくなる」

とてもあっさりと、彼は答えた。

きちんと帰る意志があるのだと伝えてくる潔さだった。

痛かった。

ショックというよりも、ただひたすらに痛かった。

でもそれは、自分がつらいとか悲しいとかじゃない。

彼が生きているのは未来。

私が生きているのは今。

その事実が明確になったし、それでいいんだと素直に思えたからだ。

彼が帰るのは当然だし、そうしなければならない。

私が、私なんかがいやだと言えるものではない。

気がつけば、周りの生徒たちがランチルームを出ていき始めるころだった。

「あと二週間ぐらいで、僕はまた転校する」

彼も気づいただろう。立ち上がるそぶりを見せる。

わかった、と答えるほかになかった。

芽吹君はそれ以上なにも言わなかった。それでよかった。

教室に戻って、午後の授業が始まっても、全身痛いままだった。夏乃に「どうしたの？」と聞かれても答えれるわけもなく私は気がそぞろのまま授業を受けていた。

七月十日なんて、あっというまに来てしまう。

その日、桜が咲く。彼はいなくなる。

彼に桜を見せたかったのに、その日が来るのがとても怖くなってしまって、情けない。

桜だってほんとうに降るのかわからない。探すべきなのか、彼が言うようにやめてもいいのか、まだ迷っている。

桜。春には満開に、こぼれるほどに咲き誇る、花。

そういえば、芽吹君は植物園で見てみたかったなと言っていた。また来年があると私は答えた。

その来年が、ない。

一緒に見れると思っていた、未来はもうない。

ああ、そうか。

教科書にただ落としていた視線をつと上げる。

古文の授業の黒板にはひらがなばかりが並んでいる。

そのなかに見つける、さくら、という文字。

私は、彼と、芽吹君と一緒に桜が見たい。

彼に見せたいのではなく、その隣で一緒に見たい。

顔は前に向けたまま、しずかに左を見る。芽吹君は物思いに耽るように、窓のほうを向いていた。

見つかるだろうか。見つからないかもしれない。芽吹君の見つけた一文はただの嘘で、七月に咲く桜なんてないかもしれない。

でも、どうにかして。

諦めきれない気持ちを大切にすべく、私は夏乃と愁平に相談があると放課後に残ってもらうことにした。

雨が降り続く放課後、愁平はどうせ校内ランニングと筋トレだし、と部活をサボり、夏乃はもちろんよ、と残ってくれた。

「それで、なあに相談って」

校内の自動販売機で各々飲み物を買ってきて、誰もいなくなった教室に座る。温かい紅茶を飲む夏乃は、優雅でやさしかった。

「うん、どこから話したらいいかなんだけど」

無論、すべてを話すつもりはない。彼に秘密にしておいてほしいと言われたことを話すほど厚顔無恥じゃない。

「いいよ、丁寧に言おうと思わなくて」

オレンジジュースの氷をぼりぼりとかじって、愁平が言う。こっちはこっちで、ざっくばらんな雰囲気を出してくれて話しやすい。

いい友人を持ったな、と唐突にしんみりして、アイスココアを飲む。

「七月に咲く、桜を探してるんだけど」

無駄に前置きするのはやめようと口を開くと、そのことばにふたり揃ってぽかんとした表情を浮かべた。

「それって、朝比奈君が最初に言っていたあれ？」

夏乃が顎に手を添えて上を見る。

「あー、たしかにそんなこと言ってたな」

愁平も思い出したかのように頷いた。やっぱりみんな、さほど気にしていなかったのだろう。

「そう。なにか知らないかな」

まずはここからだろうと、とりあえず聞いてみる。

「いいえ、七月は、さすがに」

「俺も知らないな。てか本当にあるのか？」

わかってはいたけれど、すこし残念な気持ちが生まれてしまう。ただそこはしかたがない。

「あるのかどうかが、わからない」

「いやでも芽吹は探してるんだろ」

「うん。あるのかないのか、探しに……探してる」

「どうして？」

その夏乃の質問に、私は答えを持っていたけれど、すこしの間、考えてしまった。

ここでもっともらしいことを言ったほうがいいのか、正直に言ったほうがいいのか。

「知りたいから」

ふたりに怪しまれない程度に悩んで、正直に伝えることを選ぶ。

「ほんとうにあるのか知りたいし、あるなら見たいんだと思う」

夏乃と愁平はその答えをどう思ったのか、しばらく黙ったままだった。

紅茶の湯気が小さくなっていく。

「探してる、けれど今はまだ見つかっていない、ということよね？」

やがて夏乃が口を開いた。

「そう。私も探したけれど、全然情報がない」

「じゃあどこから芽吹はそんな話聞いてきたんだ？」

もっともな疑問だ。情報がないのに探しているとなると、彼の夢物語になってしまう。

でもこれは答えられない。

「芽吹君がどうしてあると思ったのか、それは言えない」

やっぱりふたりに嘘はつきたくなかった。

「華は知ってるのね？」

「……うん、知ってる」

「それで、華はどうしたいの？」

その質問に、私は顔を上げた。

「一緒に見たい、芽吹君と」

隠すべきじゃないと思った。なにか言われるかもしれないけれど、ふたりに助けを請うならきっとここが一番大事だ。

誰かのためじゃない。

私がどうしたいかだし、ふたりにもそれを聞いたうえで自分たちがどうしたいかを判断してほしい。

「そう。わかったわ」

夏乃はひとつ頷いただけだった。

対して愁平はなぜか一瞬だけ哀しそうな目を見せた。でも大きく息を吐いて「あー、しゃあねぇなあ」といつもの明るい顔に戻る。

「えらいわね、愁平」

「夏乃に褒められてもうれしくない」

「そうね、でも私はあなたを誇りに思うわ」

「んなおおげさな」

「えーっと……ごめん、なんの話？」

ふたりに対しありがたさと申し訳なさでいっぱいだったけれど、よくわからない会話がふたりの間で交わされていて気持ちがニュートラルに戻されていく。

「なんでもねぇよ」

しかし私は蚊帳の外。気にすんなと笑った愁平を夏乃がやたらあたたかいまなざしで見つめていた。

「で、探し続けるつもりなの？　七月ってもうすぐよね」

「うん……そこが……見たいんだけど、どうしたらいいかわかんなくて」

「夏に桜ねえ……」

三人寄れば文殊の知恵、なんて言うけれど、さすがに難しい問題だった。やっぱりそうだよなあ、と私も天井を見上げる。

「ないなら、作ればいいんじゃないか」

ところが、さくっと愁平がそんなことを言い出す。

「作るって、桜を？」

夏乃が厳しい目で愁平を見やる。私も疑問符を浮かべて隣を見る。

「いやだって、桜、見たいんだろ？　それって本物じゃないといけないのか？」

「なに、なら造花でも飾れっていうの？」

「さすがにそれは安っぽいけどさ」

まったく、と夏乃は腕を組んだけれど、私はどこか目が覚めたような気持ちになっていた。

今までまったく考えていなかったアイデアに、文殊の知恵だ、と感心してしまう。単純な私、万歳。

もし偽物でもいいならどういう風にすればいいのだろう。絵は描ける。でも絵を飾ったぐらいじゃ、きっと彼の想像するものにはならないだろう。

もうひとつ、彼の見つけた記述は桜が「降った」とあったことを思い出す。

「桜を、降らせたいんだけど」

私が言うと、軽く言い争っていたふたりがぴたりと止まって、こちらを見た。

「降る、ってことは散らすってことよね」

「桜吹雪みたいな？」

「たぶん、そう」

「それは紙吹雪ででききんじゃね」

「だから愁平はさっきから考えがチープなのよ」

「アイデアはとりあえず出せって言うだろ」

「あ、あとひとつ」

ふたりがまた止まらなくなりそうだったので、慌てて口を挟む。たくさん考えてくれるのはうれしいんだけれども。

「絵なら、描く。というか、描きたい」

私の発言に、ふたりはまた揃ってはたと動きを止めた。

「もちろん、絵だけじゃ足りないのはわかってる。だからそれは一部として、ほかにも工夫して……」

そこまで話してから、そうかふたりは私が描いた絵なんてと思っているのでは、ということに気づいた。中学の美術以来、見られたことがない。

「あ、いや、私の絵なんて、あれだけど」

「わかったわ。協力する」

「俺も手伝うよ」

突如、真剣な面もちに変わったふたりに今度は私が呆気にとられる番だった。

「華が、そうまでして叶えたいんでしょう」

「だな」

あれ、と話の流れがわからなくなってくる。

「えーっと、つまりふたりは」

「とっくに知ってるわよ」

「絵描くの好きだろ、華」

「あなたは話さなかった。そのことをとやかく言いはしないわ。華の意志だもの。私と愁平だってそこまで馬鹿じゃないし、誰だって自分だけのものにしておきたいことぐらいあるでしょう」

「でも知られてでも、ってことだからな」

よもやこんなところで、そんな話を聞くとは思っていなかった。もちろん、ふたりが知ったところで馬鹿にしたり笑ったりしないことはわかっている。でも私は、意図的に話さなかった。

なのにふたりは、それを問いつめることなく黙っている私を尊重してくれていた。

「……ありがとう」

馬鹿だな、私。

そんな気持ちが押し寄せてきて、目に涙が溜まってゆく。もちろん泣いたりしない。

そんなかっこわるいことしたくないし、今はそういうときじゃない。

「まあでも、たしかに絵だけじゃ足りないわね」

「そうね、ありだけどやっぱり平面的だし……こう、ドラマチックなほうがいいわよね？」

ふたりは私のことばになにも言わなかった。聞いていないわけじゃない。聞かなかったことにしているわけでもない。

なんでもないようなことにしてくれた。

そのことにさらに感謝し、私は顔をあげる。

「うん、ドラマチックというか……圧倒されるというか……」

「ハードル上げるなあ」

「うーん、ちょっと相談してみるわ」

そう言って夏乃が恋人の名前をあげた。

「あのひと、染色やってるし、なにかアイデアがないか聞いてみる。色のことも詳しいだろうし」

「ありがとう」

「あと場所も必要よね」

「それは夏乃の家でいいんじゃね」

「なんであなたが決めるのよ」

「写真は？」

「いやだってほかにないだろ。あ、あと華は白岩さんに写真相談してみろよ。たしか今年の春、植物園で撮ってたはずだ」

ほんとうのことはすこししか言えていない。いつか話せる日が来るのかどうかもわからない。

そのことに後ろめたさはある。嘘はついていなくても、隠しごとはしているから。

「描くなら、がんばりなさいよ」

夏乃の凛とした瞳がまっすぐに私を見る。

「もう七月になるしな。とにかく華は描け」

愁平もにこやかに私を見る。

「うん。よろしくお願いします」

そんなふたりを私もしっかり見返して、頭を下げた。

もう迷いはない。

たとえ本物の桜じゃなくても。

七月十日、私は桜を降らしてみせる。

そしてそれを、彼と一緒に見るんだ。

すこし先の未来を知った私が、それを実現させるのはルール違反かもしれない。あの記述はまったく違うことを指しているのかもしれない。

でもそれでもいい。

未来は絶対じゃないし、過去も絶対じゃない。

私は、芽吹君と、桜を見たい。

あとすこしでいなくなるなら、それぐらい、許してほしい。

七月の空の青さに君想う

七月がやってくる直前の水曜日。

朝から雨が降ったりやんだりするような、曖昧な天気の日だった。どっちつかずの空模様にうんざりしてしまう。

植物にとっては、晴れも雨も必要だ。

でも今の私は、晴れた空を欲していた。

放課後、芽吹君を誘って学校からすこし歩いたところにあるファストフード店に来ていた。天気はいまいちだったけれど、店内には学生や子ども連れも多く、いろんな音に溢れている。

それぞれにドーナツと飲み物を買って、空いていた隅の席に座る。つい大好きなクリームがたっぷり入った定番品を買ってしまったが、これだと口の周りまで砂糖まみれになると気づき、すこしだけ後悔した。

「そういえばさ、なんで高校生になろうと思ったの？」

昨日、芽吹君には桜を探すことをやめようと提案した。

もちろん私たちで咲かせるという計画のことはいっさい話していない。もしかしたらほんとうに咲く桜があるのかもしれない。それならば本物が優先だし、そのときに彼に気を遣ってほしくなかった。

それに、探しているふりをして用意しているというのもなんか苦手だ。

サプライズ、ってほどのものでもないけれど、でも当日までは黙っていたい。

その次の日に彼はいなくなってしまうのだから、私からのはなむけみたいなものだ。

「うん、わかった」

私の提案に彼はネガティブな反応を見せず、了承してくれた。

そのさっぱりとした顔に、違和感を覚えてしまう。だって彼は「気になる」という理由でタイムスリップしてきたぐらいなのだから。

「あっさり引き下がってびっくりした？」

「え、ああ……まあちょっとは」

そんな私のわずかな疑問、不安を感じ取ったのか、彼はやさしくほほえんで言ってくれた。

「一緒に探してくれるのはうれしかった。その時間もとてもたのしかった。でも華を悩ませて難しい顔ばかりにしてしまうより、笑っている顔を見てるほうがいいなって思ったから」

そのことばが、じんわりと胸にしみた。

やめようって提案するのは、ほんとうは怖かった。

彼の夢を、願いを無下にして壊すのではないか、そんなことを言ったら嫌われるのではないか。そういう想いがなかったとはいえない。

だからようやく息が吸えたひとみたいに、私は肺いっぱいに空気を吸って、おなかの底から吐き出した。

「それに、すっかり諦めたわけじゃないよ」と芽吹君はつけくわえた。咲かないと決めたわけじゃない、なんだかんだで探してるとは思う、と。

「未来のことは、わからないし」

しかもそう言ってにっと笑うものだから、私はなんだか堪らない気持ちになって、ぐっと両足で踏ん張った。

「未来から来たのに」

「未来から来たけど」

「なんでもわかるわけじゃないんだね」

「それはきっと、神様だって無理だと思うよ」

冗談めかしているわけではない、というのは顔を見ればわかる。

「僕の気持ちも、華の気持ちも、他人にはすべてわからないし、きっとそれでいいんだよ」

ああ、それはすこしだけ哀しい。

でも彼の言うことはよくわかるし、きっと真理なんだ。

だからこそ、私たち……私は、彼の横に、そばにすこしでもいたいと願うんだろう。

「桜、咲くといいな」

そう言った彼の顔は、諦めやくやしさとは無縁で、天を仰いだその横顔はうつくしかった。


私も、彼が笑っている顔を見ていたい。

そのうえで、今日は彼を放課後連れ出したのだ。桜のことがなくなったらもう一緒には過ごしてくれないだろうか、と一抹の不安はあったものの、彼は二つ返事で隣を歩いてくれた。

芽吹君はコーヒーを一口飲んでから「なんでって？」と聞き返してくる。

「前に、年齢的に、みたいなのは聞いたけど、でも学校って時間取られるでしょ。通わないほうが植物観察にも図書館とか本屋に行くのにも時間使えるのに、と思って」

単純な疑問だった。制服を着て平日の昼間にうろうろしていたら、多少は不審がられるかもしれない。でも芽吹君だったら大学生に見えなくもないし、平気だろう。せっかく来たのだったら、いろいろ調査したかったのではないだろうか。

私の質問に彼は「ああ」と頷いてからゆっくりと答えてくれる。

「興味があったからね。古い小説なんかを読むと、学校生活とかそれを舞台にした青春群像みたいなのも出てくるし……僕の時代とは、ずいぶんと違うだろうなあって思って」

「すごいなー興味か……私なんて毎日通うのめんどくさいのに」

「めんどくさいの？」

つい正直な意見を口走って、笑われてしまう。

「めんどくさいよ、だって興味ない授業だってずっと聞いてないとだめだし」

「まあ、それはたしかにね」

「……芽吹君、聞いてなかったよね？」

「え？」

「授業。熱心に聞いてる感じしなかった」

そういえば、と彼の姿を思い出す。なにか物思いに耽っているように、頬杖をついて窓の外を見ていることがよくあった。

私の指摘に、彼が照れくさいように頭をかいた。

「聞いてなかった」

「やっぱり。でも当てられてもちゃんと答えられるんだもんなあ」

「まあ一応これでも学者なもので」

「そうかー……頭いいのうらやましい……あれ、てことは芽吹君って学校は？」

学者、と言われると大学、大学院は卒業している気がしてしまう。現代と未来はそういうところも違うのだろうか。

「えーと、今でいう大学、みたいな機関は十歳で卒業したかな」

「……え、十歳？」

思っていた以上に次元の違う話だった。

十歳で大学卒業ってものすごい天才児なのでは。

「もしかして、未来ってみんなそういうものとか？」

たしかに賢さは節々に感じたけれど、そんな天才が目の前にいるとは今まで全く思っていなかった。いやそれはそれで失礼すぎるぞ私。

「いやいや、学力によってだよ。高校もある」

「つまり芽吹君は、高校は」

「スキップした」

スキップ、つまり飛び級みたいなことだろうか。海外ではたまに聞くけれど、まさかそんなひとが目の前に。

すごすぎるでしょ、と驚くと同時に、あれ、とひとつ気がつく。

「もしかして、それもあって、高校生になった、とか？」

興味があったのは、過去だからというだけでなく、高校生活そのものだろうか。

そう思って問うと、はにかみが返ってきた。ことばはなかったけれど、たぶんそれが返事だ。

胸のあたりがきゅうっと締めつけられる思いがした。

かわいそうとか同情とかそんな陳腐な感情じゃない。

「それならもっとたくさん誘うんだった。夏乃とか愁平も一緒に、あっちこっちで遊べばよかったな」

しんみりするのは違う、とあえて明るくかるく言ってみる。言ってからドーナツをかじると、甘くて甘くて、よけいに苦かった。

「だいじょうぶ」

芽吹君は麗らかな表情を見せてくれる。

「充分すぎるぐらいだよ」

その顔が、とてもきれいで、やさしくて。

飲み込んだドーナツの甘さが、さらりと消えていった。

「……こうやって放課後に寄り道したり？」

「うん。あとはあれかな、授業サボるの」

「いやそんなん滅多にしないし。小説の読み過ぎ」

「やっぱりそうなのか……残念」

　久しぶりにしょんぼり犬顔を見て、思わず笑ってしまう。

「しゃーないなー。夏乃と愁平も誘って今度やるか」

「町屋さんもサボるの？」

「意外や意外、夏乃がいちばんサボる。てか私と愁平はサボってそうと思うんだね……」

「あ、いや、そういうわけじゃなくって」

　しょんぼり顔が今度は焦りだしたのでよけいに笑ってしまった。

　彼と一緒にいると、ときどき胸がつかえるような、つまるような思いをすることがある。

　でもすぐにこうやって、笑って話すこともできる。

　それってとっても貴重で、すてきなことだと思っている。

　もちろん、笑ってられるほうがいい。彼が言ってくれたように、私も笑顔の芽吹君を見ているほうが好きだ。

　だけど抱く痛みも、迷いも、苦しみも、悪いものじゃない。

　彼とのあいだだから起こることで、たぶんこれからさきもずっと、大切にしていきたい感情だ。

七月十日、桜が降ったら、彼はどんな顔を見せてくれるだろう。

そして私は、どんな感情を抱くだろう。

あくせく取り繕う彼を見ながら、私は今日から描き始める絵に、未来の姿を想像していた。


帰宅し、制服を脱ぐと、すぐにキャンバスに向かい合った。夕食まではすこし時間がある。今はそのすこしですら活用していかねばならない。

だったら放課後寄り道してる場合じゃない、んだけどもでもそれは本末転倒だと思う。

目の前のキャンバスは、私が一度も描いたことのないサイズだ。といっても横は八十センチ弱、巨大というわけでもない。お財布と、画力と、時間と相談した結果、これぐらいが精一杯だった。

普段は色鉛筆画ばかりだったけれど、今回は水彩を選んでいる。色鉛筆ほど得意ではない。でも、じっくり見て正確に筆致を重ねては時間が足りなくなる。ほんとうは、芽吹君が誉めてくれた色鉛筆画がよかった。が、しかたがない。こだわりすぎて、降らせられないのもまた本末転倒だ。

水彩ならにじみを使える。水張りしたパネルにさらに水を多量に使った透明水彩に挑戦するつもりだ。　失敗するかもしれない。　でもそれを恐れてはなにもできなくなってしまう。

数日前、本屋で買ってきた写真集を開く。

桜はもう咲いていない。画像ならネットでも検索できるし、私のスマホにも何枚かは写真があるはずだ。

でもやっぱりモニター越しに見るのは違う。

じっくり本物を見れるのがいちばんだ。どうして今まで一度も描いてこなかったのだろうと後悔しても遅い。

だから写真集を買った。書店で悩んで、高かったけれど私がこれがいいなと思うのを手にしてきた。実物ではないけれど、スマホやネットの画像よりは、と。

ただし、写真を丸写しするのもまた違う。

しっかり観察するのはスケッチの基本だと思う。透明水彩だとしてもぼんやり曖昧に桜を描きたくはない。

芽吹君が誉めてくれたところは、存分に発揮したい。

私の得意なところと、透明水彩のよさと、うまく取り合わせた絵ができるといい。

それにはもう、頑張るしかない。一枚ぐらいなら失敗できる。

写真集をめくり、桜の花を、枝を、咲き方を観察する。一輪ずつばらばらに咲きはしない。何輪かの塊になっている。花の向きもそろっていない。放射状に開いている。

ある限りの写真を見つめていると、部屋のドアがノックされ兄の声がした。返事をすると「もうすぐごはん」と言いながら兄が入ってくる。毎度律儀な兄だ。

「桜？」

兄は私の手元の写真集と、部屋にあるスケッチブックやキャンバスを交互に眺め「なるほど」などと勝手につぶやいている。

「水彩とはめずらしい」

私が趣味で絵を描くことを兄は知っている。ただその題材が雑草と知っているかはわからない。具体的に話したことはないし、見られることもない。

絵が好きになったきっかけは、兄と一緒に参加した植物園の写生大会だったし、兄自身も絵は得意だったから隠すつもりもなかった。植物園にスケッチに行っていることも知っている。

「ちょっと久しぶりにやってみようかと思って」

「なるほど、結構大きいね」

「自信は、ないんだけど」

「いいじゃない。何事も挑戦、挑戦」

相変わらずのゆるさだった。でもそのゆるさに今は、いやいつも救われるんだと思う。

「……どう描いたら、いいと思う？」

「ん？」

「いや、スケッチならしてきたけど、こういう……絵画って感じの大きなものってあんまりだから」

兄はたしか高校のときに油絵で賞をもらっていた。まあ、テーマが難しすぎて私にはよくわからない絵だったんだけど。混沌と純血だか純情だかのなんとかかんとかっていう。

ただ、賞をもらえるぐらい、審査員の心を動かした絵だったことは間違いない。

「どう描いたら、ねえ……」

兄は腕組みをして、しばし考えるポーズをする。私と、写真集と、キャンバスを見回してうーんと唸る。

「好きなようにがなによりだとは思うんだけど」

そう前置きして、ひとり頷いた。

「この絵を見たひとに、どう思ってもらいたいかをイメージするといいんじゃないかな」

「どう思ってもらいたいか？」

「そう。驚いてほしいとか、泣いてほしいとか、考え込んでほしいとか」

なるほど、つまり兄のあの絵は悩んでほしかったということか。いやどうなんだろう……兄のことはわからん。

「自己満足で描くのももちろんいいと思う。自分のために描くからね。でももし、誰かに見せたいと思うのならそのひとにどう思ってもらいたいか……どう思ってもらいたい自分がいるか、じゃないかな」

どう思ってもらいたい自分がいるか。

そのフレーズがやけにしっくりきた。

言いたいことはよくわかる。私は芽吹君に見せるために絵を描くけれど、それは見てもらいたいという自分のためなのだ。

「誰かのためって言い切れるのはかっこいいけれど、でもそれって結局そうしたい自分のためだから。そこをしっかりわかってたら、表現したいものもわかってくると、俺は思うよ」

兄がそう言い切ると、下から母が私たちを呼ぶ声が聞こえてきた。

そういや前にタイムスリップのことを聞いたときも、こんな感じだった。お悩み相談のコーナーみたいだ。兄にっていうのがなんともだけど、まあありがたいことにいつも話を聞いてくれるのだから文句は言えない。

「わかった。ありがとう」

「どういたしまして。ごはんは？」

「うーん、もうすこしだけ考えたい」

「わかった。言っておくよ」

もう一度礼を伝えると、兄は静かにドアを閉めて階段を下りていった。

私は桜の写真へと視線を落とす。淡い、桜色と鮮やかな青空の色。

ページをめくると、桜の木の下を歩く青年の写真があった。横顔だけれど、なぜかすこしもの悲しそうに見えて、たまに見せる芽吹君の姿を重ねてしまう。

いや、こういう表情を見せてほしいわけじゃない。

嫌いではない。授業中の物思いに耽る姿や、空を仰いでいる姿は笑顔ではないけれど、それはそれで鼻の先がすんとするような、うつくしい景色になっている。

でも私は、桜を見て、私の絵を見て、そういう顔はしてほしくなかった。私はやっぱり、笑顔の彼が好きだ。

写真集を閉じる。また細かいところはあとで描くときにじっくり見ればいい。今はまず、イメージを固めよう。

キャンバスではなく、スケッチブックに頭のなかに浮かぶ景色を描いてみる。現実的じゃなくてもいい。自分がどう描きたいか。思うがままに鉛筆を走らせる。

その夜、久しぶりに事故の夢を見た。

車がつっこんでくる。そこまでは一緒だった。

でもそのあとの私は、陸上をやめずに走っていたし跳んでいた。愁平が男子の部長になり、私が女子の部長になって、そのせいで塚本さんにはやっぱり嫌われていた。

そして大会で、私は走り高跳びに出場し、近くで芽吹君が応援してくれていた。がんばれ、と笑顔で手を振ってくれて。

私は最後のふたりまで残って、これを跳べれば一位になれる、というところ。

芽吹君の声を聞きながら、跳んだ。

身体は軽くて、どこまでも飛んでいけそうだった。

その青空に埋め尽くされた視界一面に、桜吹雪が広がる。

起きた私は笑っていた。目元には涙の痕がついていた。

選ばなかった未来がくやしいわけでも、後悔しているわけでもない。だって、私が陸上をやめなかったら、今はなかったかもしれない。

私はいつだって、自分の気持ちに正直に選択してきた。うざいとかめんどくさいとか、そんな理由でもそれがそのときの私の答えだ。もう、そう胸を張っていいはずだ。

ただひとつだけ。

あのバーを越えたとき、記録を残せたとき。

彼がどんな顔をしていたか、見てみたかったなと思う。

白岩さんに相談したのは、その次の日。雲がすくなく、あかるい空気が漂っていた。

「それで、相談って？」

新聞部のパイプ椅子に並んで座る。

「桜の写真を、使わせてほしいんだけど」

もったいぶる話でもないのでさくっとお願いしてみると、彼女は「写真？」と首をかしげた。

「愁平が、桜の写真撮ってたはずだって言ってて」

「ええ、それは撮ってる。今年は植物園と円山公園にも行ったし」

「その写真をお借りしたい……というか使わせていただけないかと」

「どうして？」

もっともな疑問だった。予想していなかったわけじゃない。

「桜を、降らせたいから」

だから、はっきり言うっていうのも決めてある。

白岩さんは「え？」と不思議がるような表情を見せた。

「芽吹君……朝比奈君が、転校するのは聞いたでしょう？」

それは今朝のこと。担任の小沢の口からそう告げられ、クラスは一気にざわついた。昼休みには学校全体が知ることになったんじゃないかというぐらい、偲ぶ姿に溢れていた。

「ええ、残念ね」

その残念は、建前でも話の流れでもなく、彼女がきちんとそう思っているうえで発せられたのだというのが伝わってくる。もっとも彼女の場合、憧れとか恋愛ではなく、興味の対象として芽吹君を見ていたのだろうけれど。

「朝比奈君が、転校してきた日に言ってたこと、覚えてる？」

「転校してきた日……ああ、七月に桜がってやつ？」

白岩さんはすこし思い出すような素振りを見せてからうなずいた。

「そう。七月に咲く桜を探しにきた、っていう。だから……見送るのに、桜を降らせたい」

筋の通る話にはなっていると思う。彼のあの発言を白岩さんがどう捉えていたかはわからないし、それを実現させようとする私をどう思うかもわからない。

彼女は話がわからない人間ではないはずだ。でも筋の通らないことはきらいだろう。

「あれ、本気だったの？」

彼女はそう聞いてきたけれど、マイナスな表情はそこにはなかった。

「うん。でも見つけられないし、ほんとうにあるのかわからない」

私の回答に、彼女は「でしょうね」と首を縦に振る。

「見せたいっていうのはわかる。でもその降らせたいってのは？」

「……桜って、散る姿がきれいでしょう」

嘘をつくのはしのびない。でも私はやれる限りやらねばならない。

「どうやったって満開に咲かすことはできない。だからせめて桜吹雪みたいなのを表現できたらなって」

「写真じゃ無理よ」

「わかってる。それは夏乃とも相談してる」

「町屋さんも絡んでるのね」

「あと愁平も」

「なるほど……写真はどう使うの？」

「ある程度の大きさにして本物の木に飾っていくつもり。私が描いた絵と一緒に」

面接やプレゼンみたいだった。彼女はひやかしなどの余計なことはいっさいせず、淡々と私と話してくれる。

白岩さんが腕組みをして、壁のほうを見つめた。そこにはちょうど桜の写真が飾られていた。

「水嶋さんは、絵を描くのね？」

ふたたび私の目を見て、彼女が問うた。

「うん。描く」

はっきりと答える。

白岩さんの瞳は、強くて、澄んでいて、弱音を吐いたら簡単に負けそうだった。

「……私、あなたが絵を描いているところ、見たことがあるの」

ところがその瞳はすぐに引っ込んで、彼女がふふと笑い出す。

「え、どこで？」

「植物園。一度や二度じゃない」

「……気づきませんでした」

あんなに近くまで来た芽吹君にすら気づかなかったのだ。すこし離れたところからなんて言わずもがなだろう。

でもやっぱりなんだか情けないような、恥ずかしいような気持ちになる。

「でしょうね。すごく熱心だったから。ずっと、気になってたの」

そう言って彼女は私に向かって指を二本立てた。ピースサインになっているけれど、そうじゃないのはその顔を見たらわかる。

「条件がふたつある」

私は頷いた。

「ひとつめは、私に絵を見せること」

「桜の?」

「いえ、過去のも。全部とは言わないけれど」

「あー、全部はちょっと……量が多すぎるかな」

「あら、それは期待大ね」

自分でハードルを上げてしまった。でもここで異議は唱えられない。

「そんなに、期待するようなものじゃないと思うけれど」

がっかりされるのも嫌だなと思って一言添えておくと、彼女の眉根が寄せられた。

「絵の価値を決めるのは、水嶋さんじゃなくて見た者のほうよ。それに見るひとによって価値も変わる。私が見てどう思おうが自由なの。でもね、私は見たいと思った。そういうひとがいる時点で水嶋さんは自信をもっていいと思う」

そのことばに背筋がすっと伸びた。芽吹君にも同じことを言われている。あのとき目の前が晴れたような感覚を味わったのに、私はまだ言い訳がましいことを言っていた。

「ごめん、ありがとう」

そう言うと彼女は何も言わずひとつ頷いてくれる。

「ふたつめは、その降らせた桜の取材を私に許可すること」

「取材、って」

以前、芽吹君を追っていた彼女の姿を思い出す。

「朝比奈君のことは出さないわ。それは彼との約束だから。あくまで、あなたの作品としてよ」

「それって新聞に」

「あたりまえでしょう」

「いや、そんな記事になるようなおもしろいものじゃ」

「それは取材した私が判断するし、載せるかどうかは部の会議で決まる」

彼女はえらい気迫に満ちて語っていた。会議って言っているけれど、この雰囲気では彼女が押し通しそうだ。

「だいじょうぶ。私がおもしろそうって思ったものは、絶対通るから」

すごい自信とジャーナリスト魂だ。そういうところは見習いたいかもしれない。

「それに」

白岩さんが笑う。

「七月に桜が咲くなんて、ロマンチックでおもしろいじゃない」

意外だった。

彼女はもっと現実的で、理にかなわないことは嫌いなのだと思っていた。でもそれは私の偏見で、私の知らない彼女はこんなふうに自信満々に笑う、同世代の少女だった。

「どう？　条件飲む？」

七月の桜。私はなにがなんでもやりきるつもりだけれど、果たして取材されるようなものなのだろうか。これでできあがりがチープだったらどうしようか。

でも。

彼女の顔を見て考える。

未来のことをあれこれ心配したってはじまらない。

「わかった。お願いします」

もう迷うほどの時間だってないのだ。

走り出したら、跳ぶしかない。

「交渉成立ね。写真は現像したほうがいい？　データ？」

「データのほうがありがたいかも」

「じゃあ使えそうなのだけ入れて渡すわ。ただし私が撮ったものだけよ。ほかの部員のはない」

「充分です。ありがとう」

そのほか必要なことを話して部室を辞する。彼女はついでだからデータを今整理しとくと、残るらしい。

「がんばってね」

部屋を出る間際、白岩さんが言ってくれた。

ちっとも嫌じゃなく、むしろすごくうれしかった。

「うん。がんばる」

そう答えて部屋を出る。

私にがんばっているという自信があるから、受け取れるのだろうか。わからない。まだまだ足りない気すらしてしまう。こういうのって、どれだけやったら満足できるのだろう。跳んでたときも、絵を描くときも、充分がんばったって思えたこと、何回あっただろうか。

深呼吸、ひとつ。

がんばろう。

誰もいない廊下でもう一度つぶやいて、私は絵の待つ家へと帰った。

＊

今日も雨が降ったらさすがにやだな、と思っていたら朝から快晴だった。しかもちょっと暑い。

なにを着ていこうか昨夜さんざん迷ったのに、窓の外を見て考えなおす。自転車に乗れて、歩きやすくて、ダサくない。

結果、いつもとたいして変わらないラフな格好ができあがった。しょうがない。たくさん服持ってないし。夏乃みたいに麻のワンピースをさらりと着こなすような柄でもない。

髪の毛もいつもと同じようにざっくり整えて、荷物を持って自転車にまたがった。坂道を駆け下りる。

昨夜は服にも迷ったけれど、そのあと絵もだいぶ描き進めたので、寝不足で起きれないんじゃないかと心配した。

ところがアラームの前に起きたし、眠くもないし、思いのほか気持ちはすっきりしている。

道の途中、夏乃の家の店に寄り注文しておいたお団子を受け取る。夏乃はでかけているらしく不在だった。

自転車にふたたびまたがり、北大路通りを西へゆく。踏切を叡山電鉄の電車が過ぎてゆく。

何度も何度も通った道だ。新しい店ができ、古い建物がなくなり、微妙に風景は変わり続けるけれど、この大きな道は変わらない。

それが今日ほど、気持ちのいい日はあっただろうか。

人を追い越し、車に追い越され、高野川を越える。

不思議だった。

芽吹君がいなくなるまで、あと一週間ほどしかない。

なのに今私は、とても晴れ晴れとしている。

受け入れられていないのか、違う。

さみしくないのか、違う。

正直言って、七月十日なんて永遠に来るなと思う。未来なんてなくていいから、今この時間がずっと続けと願う。

でも、時間は絶対進む。

中学のころの教師が言っていた。

世の中には「絶対」と言えるものはふたつしかない。

それは命あるものはいつか絶対死ぬことと。

時間は絶対進むということ。

けれど芽吹君は、進んだ時間の向こうからやってきた。

それならもしかして、時間を止めることもできるのでは。

なんて、思ったって今このときはできやしない。

未来にはあるのだろうか。あったら楽しいだろうか。

そう考えて、いや止めるのってけっこう問題多そうだなと冷静に自分でつっこんだ。

それに止めちゃったらなにもできないのだから意味がない。じゃあ同じ日を繰り返すとかだろうか。いや、繰り返したらやっぱりつまらない。

芽が出て葉が育ち、つぼみができて花が咲く。そして枯れてゆく。

それは時間が進まなければできないことだから。

そんなことを考えて自転車をこいでいるうちに、植物園の門が見えてきた。

芽吹君も、そこに立っている。

この笑顔が、あとすこしで見れなくなるのかと思うと、叫びだしたいぐらい苦しい。

だけど私は笑ってられる。

笑って、笑ってもらって、笑顔で終わりたいから。

自転車を停めて彼のもとまで駆けよる。前髪が崩れている気がして、さりげなく手で撫でてなおす。

「ごめん、待った？」

「いや、五分ぐらい前に着いたところだよ」

その手にはすでにチケットが買ってあった。私も財布から年パスを取り出す。

晴れた土曜の植物園は、やはりひとが多かった。子ども連れもご年配の方も、各々に散策を楽しむ。蝉はまだ鳴いていない。かわりに子どもたちのたのしそうな声が響く。

もうすぐ、あちこちに抜け殻がくっついて、鮮やかじまぶしい太陽のした、めいっぱい蝉が鳴く暑い夏がやってくる。植物園では背が二メートルにもなる大きなヒマワリが咲き、早朝開園の時期は朝顔が毎朝咲いてはしぼむ。

京都の夏は長い。十月になったって半袖の時期が続く。

でも、そんな夏を彼とは過ごせない。

今日は温室のバオバブの花が咲いているというので、まずはそれを見に行くことにした。

「バオバブって実が食べれるっていうけど、芽吹君食べたことある？」

むわっと湿度の高い温室を歩きながら、聞いてみる。この温室のバオバブの木の前に置かれた解説の看板に「ラムネみたい」と書いてあるのを見たことがあった。

それ以来、一度食べてみたいなと気になっている。

「うん、もちろんあるよ」

「おいしかった？」

「酸っぱくておいしいかな。食べるというよりも舐める感じで種が残る」

「舐めるのか。サクサクした感じの実を想像してた」

やはり何事も経験が勝る。

ゆったりと温室を見て回る。冷房室に入るとひんやりし、砂漠サバンナ室に入ると空気がからっとする。温室はこういうところもたのしい。夏ならこの次の高山植物室がいちばん心地よい。

前に一度ふたりでかなり念入りに見て回ったせいか、今日は歩みがすこしだけ速い。

目当てのアフリカバオバブには変色し始めた白いはなびらの花がひとつだけ咲いていた。雌しべと雄しべが玉のように下向きになっていて、その上に花びらがふわふわとついている。ドレスのスカートみたいだ。

「もうすぐ落ちてしまいそうだね」

見上げながら芽吹君が言った。バオバブの花は夜に咲いて昼には落ちてしまうらしい。

たしかに真っ白だったであろう花びらは茶色がかってきている。

「あのぶらさがってる実みたいなのがつぼみだよね?」

「そうそう。二、三日後にはまた咲きそうだね」

「芽吹君はこういった木も育ててる?」

私の質問に彼は視線を落としてこちらを見てから「いや」と首を振った。

「学者だからって育てるのが得意とは限らないんだ」

「それもそうか」

たしかにそれなら園芸家である。

「それにバオバブみたいな木は貴重種でね。残念ながら園芸用には残っていない。保護区に生えてるのか、研究施設が保有しているのかぐらいかな」

「そうなんだ。なんかさみしい」

芽吹君の暮らす未来がどれほど先なのかわからない。千年なのか、もっと果てしなく先なのか。その未来に、今の植物はどれほど残っているのだろう。

「うん、僕もさみしい。でもそれが僕の時代には地球規模で見たら進化なのか退化なのかはわからない。代わりに今はない植物が僕の時代にはあったりもするし」

「え、あ、そっか。そういうのもあるのか。あれ、でもその割に人類は変化してなくない？」

「あはは。そうかも」

「まあ滅びてないだけいいか」

タイムマシン的な技術を発明するぐらいなら、人類ももっと姿形が変わっててもよさそうなのに、まで考えて芽吹君をじっと見る。いや、この何世紀のあいだに技術はすごく進歩しただろうけれど、人類の見た目はそこまで変わらないのかもしれない。それに変わってなくてよかった、とも思う。

次の高山植物室ではエーデルワイスがつぼみをつけていて、芽吹君がものすごく喜んでいた。明日か明後日に咲くのだろうか。この様子なら確認しに来そうだ。

最後までのんびり歩いて温室を出ると、日差しがいっそう強くなり、夏の空気が私たちを包みだした。これはあまり食べるのが遅くなると傷みそうだと、芽吹君を日陰のベンチへと誘う。

ところが梅雨の晴れ間の休日ということもあって、ベンチはほぼ埋まっていた。空いているのは日向ばかり。ばら園を通り過ぎ噴水エリアの隅に、ようやくちょうどよいベンチを見つける。

背の高い木の裏なので、花壇や噴水は見えない。その代わり、木の根元にたくさんのネジバナが咲いていた。

「甘いもの、だいじょうぶだったよね？」

ふたりの間にみたらしだんごの入った箱を広げる。

「おいしそう」

「夏乃の家の店のやつ。いちばんおいしい」

芽吹君にすすめて、私も頬張る。あまじょっぱいみたらしと、もちっとしただんごの組み合わせはやっぱりおいしい。夏乃の店のはだんごに焼き目がついているから香ばしさもまた格別だ。

おいしいね、と一本たいらげると「そういえば」と芽吹君がお茶のペットボトルを飲みながら口にした。

「華は、どの植物がいちばん好きなの？」

意外な質問だった。意外というかいまさらというか。でもたしかにそんな話はしたことなかった気がする。

「いちばんか……むずかしいな」

いろんな草花を思い出してみる。ヒガンバナもシロツメクサも好きだ。スミレもヒメオドリコソウもツユクサも捨てがたい。

「うーん、ノアザミ、かな」

「なるほど。どういうところが好き？」

「刺々しい見た目にたいして、ひとつの花自体は細くて……でもそれが集まってぽんってフォルムになっているのが好きかな」

「アメリカオニアザミはもっと刺々しいけれど」

「あれは写真でしか見たことなくて。見つけたら描いてみたいな」

「……もしかしてあのつぼみのとげも、花の数も数える？」

「あー……さすがにしんどそう」

でもたぶん数えるんだろう。言われてみればたいした忍耐力というか根性だ。ふだんテキトーに生きてるくせに。

「独立と素直になれない恋……だったかな」

芽吹君がぽつりとつぶやいた。

「え？」

「花言葉。ノアザミはたしか、独立と素直になれない恋」

好きな花の花言葉がそれって、となんかちょっとむずがゆかった。

「未来にも花言葉って残ってるの？」

「うん。花占いなんかもちゃんとあるよ。もしかして変化してるかもだけどね。でも資料もけっこう残ってるし、なんだかんだでみんな好きなんじゃないかな、こういうの」

花占いとはまたなつかしい響きだった。小学生のころ、夏乃とふたりでやって笑いあったことがある。ただし恋占いじゃなくて、明日はいいことがあるかとか、授業で当てられないかとか、そんな他愛もないことだった。

「そんなに、変わらないんだね」

鳶の鳴き声が聞こえてきた。さりげなく残りのみたらしだんごを包み紙で隠す。植物園と賀茂川近辺に住むやつらは、お弁当のおかずを華麗にかっさらっていくから気をつけねばならない。

「科学や技術は進歩しても、人間の本質的なところは、そうそう変わらないんだと思うよ」

そう言った芽吹君が空を見上げた。鳶がくるくるまわっているのを見つめている。

変わらないでいてほしいと思う。

なにかを楽しいと思うこと。かなしみにくれること。誰かを大切に想ったり、めんどくさく思ったり。

そしてそれはひとそれぞれの基準であってほしい。統一された指針みたいなものはいらない。私が好きなことを他人が嫌いでもいい。正しいとか正しくないのものさしじゃなくて、みんなが自分のものさしを持っているといいなと思う。

だから、芽吹君がどう思っていてもいい。

「芽吹君がいちばん好きなのは？」

あれだけ植物を愛していたらいちばんなんて決められないのじゃないか、と思いつつ私も聞いてみた。

ところが顔を空から私のほうに向けた芽吹君は、悩んだりする様子を見せることもなく、あたたかい雰囲気で目を細めた。

その顔があまりに慈愛に満ちていて、なぜか私がどきっとしてしまう。

「たぶん、決められないと思う」

「あ……やっぱり」

やさしさは残したまま、彼は照れたように笑った。

「でもそうだな。植物以外にも好きになれるものがあるんだなってわかったから」

「……植物以外にもってことは、以前はほかに興味がなかったってこと？」

「あ、そこ気になる？」

私のあえてのつっこみを、彼はあははと笑って返す。

そしてひとさし指をそっと唇にあてて「秘密だけどね」と答えた。

聞かなかったし、言わなかった。

たぶんそれが答えだ。

ひと休みしたところで、何気ない話をしながら植物園の散策を再開した。

芽吹君が私のSNSのことを聞いてくれる。最近はすこしずつよい反応を実感するようになった。といってもコメントがつくわけでもないし、話題になるわけでもない。

芽吹君のおかげでわずかに自信はついたけれど、地味な絵だし承認欲求を満たしたいわけでもないからそんなものだろう。フォロワーはすこしずつ増えてきたので、見てくれる、ちょっとでもいいなと思ってくれるひとが出てきただけで充分だ。

彼はそれを聞くと「よかったね」と笑顔を見せてくれた。

「芽吹君のおかげです」と返すと「行動したのは華だから」と言ってくれる。

一度、ネットに載せたものは消えることはない。それは怖いことでもあるけれど、あの絵たちはひっそりとどこかに残りつづけてほしい。

目立たなくていい。いつか見つけてくれるひとのため。記録として、残ればいい。

そう思うことができたのも、彼のおかげだ。

のんびりと野山に似た風景を歩く。

ハンゲショウが水辺にひっそりと咲いていた。花穂のすぐ下の葉が白くなっていて、幻想的な光景だった。半夏生の時期に咲くからの名だと思っていたけれど、その様子から半化粧とも書くと芽吹君に教えてもらった。

ふたりでしゃがんで存分に観察してから立ち上がると、ふと互いの手が触れあった。

あ、と視線も同じくぶつかる。

三秒ほどお互いに無言で、同時にふふと笑い出した。

握られてもよかった。

握ってもよかった。

でも彼はそうしなかったし、私もしなかった。

それで、それが、いいんだ。

閉園時間までゆっくり散策して、正門前で別れる。

もう十日まで日はない。きっとこれが、植物園を一緒に見てまわる最後の日になるだろう。彼には彼の時間があるし、私には絵を描いたり準備したりする時間が必要だ。

それに、四六時中一緒に過ごす必要はない。

自転車を押す私を、芽吹君が見送る。笑顔だった。だから私も笑って自転車で走り出す。

でもそれもすぐに保てなくなって、唐突にやってきたさみしさやかなしさで、胸が痛くて痛くてしかたがなかった。

べつに今日が最後の日じゃない。あと一週間、学校でも会える。

さっきまでほんとうにたのしかった。一緒にいれて、しあわせだった。

なのに、いまは、もう。

深く考えないようにして、必死で自転車をこいで、なんとか白川通りまでたどり着く。あとはもう人通りのすくない家へと続く坂道だけだ。

そこまできてようやく、この痛みはさみしさやかなしさとは違うことに気がつく。

頭では理解しても、しかたがないとわかっていても。

わかったとたん、目からこぼれる涙をとめる術を私は知らず。

自転車を押しながら坂道を上って、しずかに、泣いた。

＊

毎日、同じような時間が流れるばかりで、退屈なことも多かった。

授業はだるいし、朝起きるのもめんどいし。親は「時間が経つのがはやい」なんて言うけれど、私からしたら一週間も一日もとても長く感じていた。

それがこんなにも、時間が足りないと思うことになるなんて。

できる限りの時間を絵に費やしても、満足できなかった。

学校にいるあいだはなるべく夏乃と愁平も誘って芽吹君と過ごす。これだって充分といえることとなんてない。

一度、芽吹君の希望ということで四人で学校をサボった。といっても朝からではなく、六時限目をパスしただけだ。

四人で地下鉄に乗って四条に行き、ほうじ茶パフェを食べ、八坂神社に参詣に行った。四条通りはすでに祇園囃子が流れ、八坂神社も大勢の観光客でにぎわっていた。

わずかな時間だったけれど、みんなで笑ってあだこうだ言い合って楽しかった。

美容の神だという宗像三女神を祀る美御前社《うつくしごぜんしゃ》にお参りし、帰り際に見つけたいちご飴を夏乃とふたり食べる。

「よく食うな」

呆れ顔の愁平に言われ、芽吹君にも穏やかに笑われてしまう。

「常にごはんを二人前食べる愁平には言われたくない」

「そうね。自分だってさっき、おぜんざいおかわりしてたじゃない」

私と夏乃の反論に、愁平は動揺しない。

「俺は高校男子として普通なの。芽吹が少食なだけだろ」

そのうえそんなことを言い出す。

「え、僕が……そう、なのかな」

「いやいや、違うから。愁平と比べたらだめだから」

考え込む様子を見せた芽吹君にそう言うと、目があった。

「……でも華も……」

「……ん？　芽吹君、なにか？」

目を細めてにやりと笑いそうな気配を感じたので、私も目を細めて応戦する。

一拍おいて芽吹君が笑った。私も笑う。

仲良しね、という夏乃の声が聞こえた。ほんとな、と愁平も言う。

ああ、こういう時間を過ごせてよかったなとつくづく思った。それになによりだった。同世代の友人らとこういうなんてことない時間を過ごすのは貴重なんだなと改めて気づく。

そして気づけてよかったと思う。毎日かったるいなあで過ごしていたら、きっとあとからもっとこうしておけばと思ったに違いない。

ちなみに学校をサボったところでべつにそんな怒られやしない……と思っていたら、四人そろってだったのがまずかったのか担任の小沢から呼び出されてしまった。

しかもなぜか私と愁平が筆頭で怒られ、まるで夏乃と芽吹君をそそのかしたみたいになっていた。やりたがったのは芽吹君だし、夏乃のほうが私たちよりよほど常習犯なのに小沢の偏見はひどい。だまって聞いてたけれど。

職員室から帰る途中、必死に謝る芽吹君を「いいのよこれぐらい。べつにどうってことないわ。それにこれも青春よ」となぜか夏乃が笑顔でフォローしていて、愁平と私で多大につっこませていただいたのは言うまでもない。夏乃ずるい。

そうやって過ごしながらも、夏乃の家での準備も忘れなかった。快く庭を貸してくれたご両親にも感謝する。

白岩さんから借りた写真は、愁平がプリントアウトし丁寧に板に貼ってくれていた。写真立てや額装に使えるお金はない。それでも見栄えよくと愁平が考えてくれた案だった。

実際に庭に飾りながら大きさや雰囲気を確かめるのは、なかなかに大変だった。でもやるしかない。

夏乃は恋人に頼んで、薄くてかろやかな生地を桜色に染めてもらってくれていた。桜色といっても一色ではなく、鴇色や桃色なども混じったきれいな布だ。

「彼の渾身の作、だそうよ」

と夏乃は笑っていたけれど、光を通して透けるそれは、そのことばが納得できる以上にうつくしく、儚いものだった。

そして色を合わせて薄紙も染めてくれていた。それと布の一部を三人でひたすらに切り刻んだ。最後のほうにはハサミの痕が手につくほどで、終わったときには全員がもうしばらくハサミは握りたくないと思っていた。

ほんとうに、ありがたかった。

愁平は部活もあったはずだ。休ませてしまって申し訳ない日もあったけれど「そっちより大切なことがあったら休むだろ」と言われ、ただただ感謝しかない。

夏乃だって習いごともあったし、恋人と会う時間だって欲しかったはずだ。なのに文句も愚痴も言わず、それどころか「私のことはいいから、あなたが後悔しないようにがんばりなさい」と言ってくれた。

いい友人をもったなと身にしみる。

そして同時に、短い期間でもこの大切な友人たちと芽吹君が一緒に過ごせてよかったなと思う。ひとりよがりかもだけど。

それとうれしいこともあった。園芸部が復活するかもしれないらしい。

芽吹君が手入れを続けていた花壇が、彼がいなくなって元に戻るのはしのびないと、有志のメンバーが集まったそうだ。そこには白岩さんの働きかけもあったみたいで、礼を述べると「いや、水嶋さんに言われても」と言われてしまった。たしかに、私は花壇に関してはノータッチだった。

昼休みは芽吹君と過ごして、放課後もすこしだけでも一緒にいたり、話したり。あとは夏乃の家で準備したり、家に帰ってひたすら絵を描いたり。

ほんとうに、時間が足りない一週間だった。

未来の技術で一週間やりなおしたいぐらい、充実した日々だった。どうして一日は二十四時間しかなくて、そのうち六時間ぐらいは寝てるんだろうと思うぐらいだ。眠らなくてもいい身体が欲しかった。いつまでも笑って、しゃべって、描いていたかった。

でも、時間はけして止まらない。

彼は私に次の日ではなく十日に帰る、と教えてくれた。ほかに予定ができた、と。

その、七月十日がくる。

桜が降った日が。

前日の金曜日、私は昼食を食べながら芽吹君に聞いてみた。

「咲きそうな桜はあるか」と。

答えはノーだった。そんな気配はどこにもないと。

そう答える芽吹君はやっぱりかなしそうで、やるせない雰囲気をたずさえていた。

咲かなかったら咲かなかったという事実がわかる。そう言っていたって期待してやってきたのだから、そのかなしさは私にも存分に伝わってきた。

だからこそやるしかない、そう私は気持ちを引き締めて彼を誘った。

「明日、一緒に来てほしいところがある」と。

芽吹君はもちろんと受けてくれ、その日の夕方、みんなの前でお別れの挨拶を静かに笑顔で述べていた。

そして七月十日。午前十時。

絵は、なんとかぎりぎりで仕上げた。昨夜はほとんど寝れなかった。一度キャンバスも新たに描き直したせいもあって時間は足りなくて、ほんとうにこれが全力かも自信がない。

でも今やれる限りのことはやった。手は一切抜いていない。

朝のうちに夏乃の家に運んで、急いで戻って身支度を整えて。
芽吹君との待ち合わせの場所に向かう。
着慣れないノースリーブのワンピースが私をよけいに不安定にする。
二の腕が日に焼かれて、じんわりと熱を帯びる。
フラットなサンダルを履いたのに、足がおぼつかない気がしてしまうのはなぜだろう。
家の前の坂道をくだりながら、今日が来たんだと実感してしまう。
だいじょうぶ。がんばれる。
いや、がんばってきた。
だから今日一日ぐらい、耐えられる。
息を大きく吸う。
夏のにおい。まだ梅雨の明けてない、湿り気のある空気。
待ち合わせ場所に、芽吹君はすでにいた。
笑顔で、いつものように。
その顔を見たら、私も笑顔になれる。
しんみりするのも、あれこれ言うのも柄じゃない。
私は、私らしく芽吹君の前で最後まで立っていたい。

「おはよう。待った？」

「おはよう。そんなに待ってないよ」

そう言う彼の鼻と頬がすこし赤い。額に汗もにじんでいる。

「行こうか」

それを知らんぷりして、私は芽吹君と歩きだした。

「その色、似合うね」

私に歩調をあわせてくれながら彼が言う。

「そう？　ありがとう」

迷って決めた、若草色のワンピース。今日だけは、今日だからこそ選んだ服。

あいかわらず化粧もしないし、髪の毛もかるく整えただけだ。

でも、これが私だ。

そんな私を、忘れないでいてくれるといい。

そう思いながら夏乃の家へと向かった。

打ち合わせたとおり、夏乃と愁平はスタンバイしていたから、代わりにお母さんが家へと招き入れてくれる。

芽吹君はなにも言わずに、庭の見える居間までついてきてくれた。

居間の障子戸は閉まったまま。その外の廊下の先に、庭がある。

「開けてみて」

障子戸の真ん中に彼を立たせて、彼を促す。

落ち着いたふりをしていたけれど、私の心臓はそれこそ爆発するか口から飛び出るんじゃないかというたとえがぴったりなぐらい、脈を打っていた。

うまくいきますように。ちゃんと見えますように。そう全身で祈りながら、笑う。

芽吹君は「これを？」といった感じで無言で確認してきた。うん、と頷いて見せる。

そっと、彼の細い指先が戸にかかる。

身の縮む思いで、私はその行く末を見守る。

すきまがすこし空いて、風が吹き込んでくる。

ひらりと、桜色のかけらが舞ってきた。

芽吹君の手が、障子を静かに開ける。

時が止まったかのように、彼のすべてが静止した。

その視線の先をふわり、はらりとかけらが降る。

怖々と私も彼と視線を同じくし、初めてそこで、桜を見た。

息が止まった。

なんてことのない、ただの透明水彩の絵だ。

青々と夏の葉を茂らせた桜の木の枝に、いくつもの桜の写真が飾られている。その
あいだを、透ける桜色の布がひらひらと浮かぶようにたなびいていた。枝から枝へ、
風の流れが目に見えるように、やわらかな春の色が泳いでいる。
　本物の桜の木に花はない。その隣の楓の木も新緑の葉をたずさえている。
　それでも写真と布をまとった庭木は、春のようにあたたかい景色をつくっていた。
　私たちの目の前を、あの日三人で刻んだ薄紙と布がはらはらと舞い落ちていく。な
んてことはない、脚立の上に乗った愁平が夏乃と協力して降らせているだけだ。
　でもそれが、風にのり、ふわふわと宙を泳ぎ、やがて地面へと降り積もってゆく。
　本物の桜吹雪とはいえないかもしれない。でもたしかに、桜色のかけらが降り、地
面を染めてゆく。
　そして庭の中央に、私の絵があった。
　額装したわけでもない、キャンバスのままの絵がイーゼルに置かれている。
　写真ほど正確でもない、布ほど曖昧でもない桜が、そこにあった。
　私の思い描く、彼に見てほしかった桜だ。
　よかった。
　この空間にまるで統一性はない。きっと作品としてはちぐはぐすぎて芸術性もない
だろう。

「七月の桜」

芽吹君の声がかすれていた。

「七月に、桜、降ったんだ」

そのことばに、私は黙ったままうなずいた。

一緒に見れてよかった。

ようやく息を吸えた瞬間、身体がぐっと引っ張られる。

抵抗するつもりも、必要もなかった。

芽吹君の腕が力強く私を抱きしめる。

なにも言わない。

私も、なにも言わない。

涙はもう出なかった。

ただ二度と感じられないだろう彼の温度を、私はその頬にずっと感じているだけだった。

やがて桜も降り終わり、気づけば足下にもうっすらと桜吹雪の名残がつもっていた。離れどきを見失いそうになっていたけれど、強く風が吹き込んできて私たちはようやくその身体を離した。

見つめ合って、ふふ、と互いにはにかむ。

「庭に降りていい？」

いつもの涼やかな声で芽吹君が聞いてくるので、私もいつも通り「もちろん」と答えておく。

手際のいい夏乃はきちんとふたりぶんの下駄を用意してくれていた。

桜を降らせてくれていたふたりの気配は、すでに庭にはない。

芽吹君が庭に降りてまっすぐに向かったのは、私の絵だった。

「これ、華が描いたの？」

「うん……がんばった」

下手だとか自信ないとか言いそうになって、それは違うと飲み込んだ。そんな言い訳、もうしている場合じゃない。

「すごい。きれいだとか言うのがおこがましいぐらい」

「え、そんなに？」

「そんなに。持って帰れないのがくやしい。水彩？」

「そう。普段あまり使わないから苦労したけど」

「けど？」

「がんばって描いたかいがあったな、と今、我ながら思えた」

芽吹君の指先がそっと絵に触れる。作品に触ってほしくないなんて言わない。むしろ触れた感覚も一緒に残ってほしい。

つっと、私の描いた桜の花をなぞる。

その細い指は重なりあう淡い花々を撫でるように進み、やがて枝先となる左下で動きをとめる。

「ここだけ、色鉛筆なんだ」

「うん。やっぱり慣れてるせいか、色鉛筆のほうが細かく描けて」

透明水彩のよさは滲みと透明感だと思うけれど、全体的にそれでは物足りない気がしていた。もちろん写真のように描くこともできるのだろうけれど、今の私には無理だ。

だから芽吹君が褒めてくれた私の絵の細かさを活かそうと、あえて一部分だけ色鉛筆で仕上げた。

そこだけは、写真とはいえじっくり観察していつもの通り実物大に描き上げた。

彼はその桜を何度も撫でるように指先でやさしく触れ、しずかに息をついた。

「偽物で、ごめんね」

本物の桜は探せなかった。途中からは探さなかった。

彼が見たかったのはこれではないだろう。

本物の桜吹雪は、もっとせつなくてもっと儚い。

一斉に咲いた桜の花の命の終わりを感じるそれに、偽物では到底追いつかなかっただろう。

芽吹君は私を見て、それからゆっくり首を振った。

「桜が降る、ってどういうことだろうと初めてその文を見たときには思ったんだ」

彼の足下はすっかり桜色に埋め尽くされていた。その後ろでは淡い布がひらひらと風に踊る。

「でも、今日、それがわかってうれしい」

「本物は、もっときれいだと思うけれど」

「いや」

芽吹君がほほえんだ。やさしく、あたたかく。

「華と見れたことが、なによりもうれしい」

ああ、よかった。

ようやく、心の底からそう思えた気がする。

こう言われたかったとか、どう思われたかったとか、気にするべきじゃないって思ってた。

でもその声が、ことばが。私がどうしたいかだから、見返りを期待するものじゃないと。

表情が、とても、うれしい。

涙がにじみそうになって、慌てて空を仰いだ。庭の木々のあいだに空色が浮かぶ。

「きれいだね」

芽吹君が笑った。

「うん、ほんとうにきれい」

私も笑う。

しばらくふたりで庭に佇んでいたけれど、やがて芽吹君が動く気配がした。

そろそろ行かなきゃ。

そんな声が聞こえて、私は深呼吸をひとつする。

夏乃と愁平にも伝えてある。このまま見送ってくるから、片づけはまたあとで帰ってきてからと。

振り返ると廊下の端に夏乃がいた。声をかけると「いいのよ」と笑う。

「一緒に過ごせてたのしかったわ」

夏乃が芽吹君に言うと、彼もまた「こちらこそありがとう」と答えた。

玄関には愁平がいて、見送ってくれる。

「元気でな。また京都に来いよ」

そう言う愁平の姿は明るく、悲しさよりも友を送り出す頼もしさのようなものを感じた。

　外に出ると、夏の暑さが襲ってくる。ついさっきも庭にいたはずなのに、まるで違う場所のように感じてしまう。

「どこまで？」

　私が問うと彼は「植物園」と答えた。

「じゃあバスかな」

「うん。一緒に来る？」

「行ってもいい？」

「もちろん」

　そんな会話を交わしてから、バス停へと向かい、ちょうどよくやってきたバスにふたりで乗った。

　二人掛けの席が空いていて、並んで座る。

　バスには、さまざまなひとが乗っていた。休みなのにスーツのひと、抱っこ紐の女性、杖をついた男性、中学生ぐらいのグループ。みなそれぞれに目的地があって移動する。そしてその目的地はみんな違うかもしれない。

　私と、芽吹君も違う。

　私は植物園だけど、彼は未来だ。

「あのさ」

ちいさな声で隣に座る彼に声をかける。

「信じるよ。芽吹君の言ったこと」

彼の目がぱちぱちと瞬きを繰り返す。

「七月に桜は降ったし」

そこまで言うとようやく破顔してくれた。

嘘だったらいいと今でも思う。ほんとうは全部冗談で、べつにどこにも帰りませ
ん、ってなったらなって想像してしまう。

かなしいとかさみしいとかじゃない。割り切れない気持ちでいっぱいだ。

どうして。なんでよりによって。

でもそう思って見送りたくはなかった。

私には私の未来があって。

彼には彼の未来がある。

それはべつに生きている時代とか、タイムスリップがどうとかいう話じゃなくて、
誰だって当然のことなのだ。

「ねえ、芽吹君がいなくなったら、私の記憶まで消えたりしない？」

ただひとつの不安だけ、聞いてみる。

「しないよ。僕はただの転校生だから」

彼の瞳はまっすぐで、どこまでも澄んでいた。

よかった、と口のなかでつぶやいた。

それなら私は、この思い出を、記憶を胸に、前に進んでいける。

いつのまにかバスは植物園近くまで来てしまっていた。お金を払って降り、道を渡る。

植物園へと続くけやき並木が木漏れ日を生んでいる。

「絵は、これからも描いていく」

並んで歩きながら、私は宣言する。

「残るといいな、と思うけどあんまり期待しないで」

芽吹君は笑顔で「だいじょうぶ」と答えてくれた。

そうしてすうっと、息を吸う音が聞こえた。

「ずっと、黙ってたことがある」

「え？」

芽吹君がふと、歩みを止める。

「七月に桜が降った、って文を残したひとを僕は知っているんだ」

私も足を止めた。

「その人物が描いた絵も、一枚だけ、見た」

彼の顔は、やわらかくて、こっちがせつなくなるような、満ち足りた笑みに彩られていた。

「ほんとうかどうか気になって来た、って華には言ったりれど、理由はもうひとつある」

芽吹君の手が、指が、そっと私の頬に触れた。

「会いたかったんだ、君に」

「……私？」

「そう。これを残したひとは、どんなひとだったんだろうって」

「私が、残したの？」

彼が頷いた。笑顔で。

「だから、僕はここにきた。そして願いがふたつも叶って、うれしい」

ああ、そうなんだ。

とたん、いろんな感情が溢れだしてきて、私は泣くことも笑うこともできず、ただただそこに立つだけだった。

私が残した記録を、芽吹君が見つけて。

彼はここまで、やってきてくれた。

でもその記録は、彼が来なければ、きっとなかった。

だからやっぱり、これは運命なんかじゃない。

「わかってたなら、はやく言ってくれたらよかったのに」

「うん、ごめん。でも余計なこと、したくなくて」

「余計？」

「それなら絶対あるんだ、ってむきになって探したり」

「作ったけどね」

「だけどそれは、華が自分で考えて決めたことだから」

僕はそれがとてもうれしい、と芽吹君がほほえむ。

「それにしても一枚だけなんだ、残ってるの」

大きく息を吸ってからわざと笑ってそう言うと、彼の指が頬から離れていった。

「……ほかはまだ見つけてないだけだよ」

申し訳なさそうな、ばつが悪そうな、あのしょんぼり犬顔が戻ってきて、ようやく
私は身体の力が抜けた。

「いいよ、もっと残せるように、がんばるから」

「……うん、待ってる」

「うん、待ってて」

今から未来が変わるのかはわからない。それにもし変わってしまった結果、芽吹君は私に興味を持たなくなるかもしれない。

いや、きっとそうはならない。

だって、芽吹君だから。

「華」

彼が私の名を呼ぶ。

「ありがとう。たのしかった」

最初のころからずっと見てきた、やさしい笑顔。

「うん。私も、すごくたのしかった」

ふたたび歩き出したら、あっという間に植物園の正門前まで来てしまった。

「ここで」と芽吹君が言う。

「わかった」と私は頷いた。

向かい合って、彼の顔を見る。

いまさら見つめなくたって、二度と忘れない顔を。

絶対ということばはそうそう使えないとしても、今だけは使う。

私は絶対に忘れない。

「じゃあ」

「うん。じゃあね」

どう言おうか、なんて考えることもなかった。だからなのか最後に出てきたことばは、それだけだった。

彼は私に背を向け、植物園へと入っていく。

その姿を見たのは初めてだった。

初めてで、最後だった。

笑って、その姿に手を振って。私もくるりと向きを変える。

帰ろう。

大きく息を吸って、吐いて。一歩、踏み出す。

その瞬間、自分でも驚くぐらいの大粒の涙がぼろぼろとあふれだした。すれ違ったひとがぎょっとしている。でもそんなこと気にしていられないぐらい、自分の気持ちが、こころが限界だった。

こんなに泣くことが最近あっただろうか。

ぬぐうことも忘れて、必死に歩く。止まったら、振り返ったらだめだと。

ふいに、私の手首を引くぬくもりがあった。

驚いて半分振り返ると、すぐ後ろに芽吹君がいた。後ろから抱きすくめられるように、足が止まる。

「今から、華に会ってくる」

耳元に彼の声が降ってくる。

「私に？」

「そう。幼稚園のころの華に」

そのことばに、ああ、とため息に似た声がもれた。

「華が、雑草を好きでいられるように。そうしたら」

また、華に会えるから。

その声がささやくように、私の耳に届く。

かすかに帯びた熱が、浸透する。

彼の手から、私の手に、一本のピンクの花が渡る。

震えた、細い、植物を愛する指先。

「うん。今度は、忘れない」

私が答えると、彼がはにかんでくれた気がした。

私も精一杯笑ってかえす。

彼の体温が遠くなる。

振り返る暇なく、彼は消えた。

私の手には一本のネジバナと、小さな紙片が残された。

なんだろう、と丁寧に折りたたまれたそれを開く。

好きでいてくれて、ありがとう

いつか机に載せられた、あの手紙よりも随分となぐり書きの字で。
たったそれだけ。
私は天を仰ぐ。
このあいだ、調べてみたネジバナの花言葉。
それをきっと彼も知っているのだろうと信じて、私はようやく涙をぬぐった。
だいじょうぶ。
彼が幼い私に会いに行ってくれる。
そのおかげで私は雑草を好きでいられて、絵を描くようになって。
絵を描いていたところに、きっと彼がまた落ちてくる。
家に帰ったら、写真を投稿しよう。
「七月に桜が降った」という文を添えて。
そうしたら、彼がそれを見つけて探しに来てくれる。
私が生きる未来の、きっともっともっと先の未来。彼が生まれて、植物を好きになって、その文章を見つけて。
そうしたら、私たちはまた会える。
きっと、きっと会える。
さみしくないとかつらくないとか言ったら嘘になる。
でも私は、前に進んでいける。
大きく息を吸った。
手のなかのネジバナを大切に持ち直す。
記録を、記憶を残していくのは、私だ。
涙はもうこぼれなかった。
帰ろう。
再び足を動かす。
大きく一歩を、踏み出す。

＊

翌日。日曜日。
私はどこかすっきりした気持ちで目が覚めた。

枕は濡れていたけれど、夢は覚えていない。

顔を洗おうと鏡を見ると、腫れぼったいまぶたの私がそこにいた。気持ちと対照的すぎて笑ってしまう。いや、だからこそさっぱりとしているのかもしれない。

母も兄も、朝食に現れた私を見て軽く驚いてはいたけれど「読んでた本がすごくよくて」という嘘を信じてくれた。嘘ついてごめん。でもこれは、私にとって必要な嘘だった。

誰にも、夏乃にも愁平にも言わない。大切な、秘密のなにか。

朝食は食べたもののどうにも落ち着かなくて、時間をおいてから走りに行くことにした。

誰に会うわけでもなかったけれど、顔はランニング用のキャップでごまかす。

外に出ると、まだ朝だというのにすでに暑い。

もうすぐ梅雨も明けるだろう。そうしたら本格的に夏がやってくる。この近所は蝉がうるさいぐらいに鳴くし、家の塀やら木やらちょっと丈夫そうな草にまで蝉の抜け殻がつく。山の裾とはいえ昼間なんて外に出たら危ないんじゃないかというぐらい気温が上がる。

季節は、時間は待ってはくれない。

ということは、いずれきちんと、未来がくるんだ。

近所を軽く走って回ろう。ストレッチをしてからスタートするとまさかの愁平が後ろから追いついてきた。

「よう」

すでに走っていたのか、その額には汗が浮かんでいる。

「おはよ。熱心だね」

「華だって走ってるだろ」

それもそうだけど、部活のために学校まで走っていくひととはやっぱり一緒にしないでほしい。

「ゆっくりだし、先行って」

今日はほんとうに軽くていい。そう思って伝えると、愁平は私のほうをちらっと見てから口を開いた。

「なあ、いいやつだったな」

私の目もとに気づいたかどうかはわからない。

でもそのひとことに、私は笑って「そうだね」と答えることができた。

「あのさ、華」

横に並んだまま、愁平がこざっぱりとした声で言う。

「忘れんなよ、その気持ち」

「え？」

いきなりなんの話だ、と愁平を見やると彼はいつもの顔で笑っていた。

「忘れられないやつがいるなら、忘れなくていい。忘れさせてやるよ、なんてやつが出てきたらぶっとばして全力で逃げろよ」

「いやいや愁平、なにを」

そこまで言ったものの、こちらを向いたその顔を見たら、それ以上は言えるわけもなかった。

バレてないほうがおかしいか。いくら愁平でも。

笑って息を吐く。

「だいじょうぶ、全身全霊でぶっとばすから」

そんなやつが現れるかどうかもわからないけれど。

てかそんな台詞、愁平から聞けるとは思わなんだ。少女漫画の読み過ぎか。

「いつか――」

「なに？」

車が脇を通ってゆく。

「……いや、なんでもねえよ」

なにか言いかけたと思ったけれど、愁平はそのあとを飲み込んでしまった。

気にはなる。でも言わないと決めたのなら、それでいい。

「またいつでも跳びたくなったら部活来いよ」

「いや、行かないって」

「先のことなんか決めつけんなよ、もったいない」

そう言って、じゃあなと笑って愁平は駆け抜けていった。坂道をどんどん駆け下りてゆく。

もったいないは、どこに向けてのことばだろう。私の走り高跳びの記録……ではないか。

きっと、可能性を狭めることだ。

まあでも部活にはやっぱり行かないだろう。

私はひとり笑いながら、のんびりとしたジョギングを楽しんだ。

帰宅してシャワーを浴びると、夏乃からメッセージが入っていることに気がついた。

【今日暇なら、うちにいらっしゃい】

絵文字もなにもない素っ気ない文章に、夏乃らしさを感じでありがたくなる。

何気なく、部屋に飾っておいたあの桜の絵を見る。

すこしだけ悩んで、返事を打つ。

それからスケッチブックと色鉛筆を鞄に入れて、日焼け止めを入念に塗って、さっきとは別の帽子を被った。

スマホが鳴って、メッセージを知らせてくる。

【じゃあ帰りに寄って。家にいるから】

やっぱりスタンプもなにもない。用事があるのかなんなのかもわからない。私は苦笑しながら柴犬が敬礼しているスタンプを送る。

窓辺に飾ってあるネジバナを見て、私は部屋を出た。

やっぱり、もう暑い。ちょっとだけ、やめておこうかと思ってしまったりもする。

でも今日は、新しく描き始めたかったから。

カゴに鞄と飲み物を入れ、自転車にまたがった。

坂道を下れば、風は涼しい。

京都は盆地だけど、建物が低いせいで空が広い。

今日は快晴だ。天色の空に真っ白な雲が浮かんでいる。

昨日、泣きはらした顔で戻ってきた私を、夏乃も愁平もなにも言わずに迎えてくれた。それどころか取材の約束をしていた白岩さんですら、ちょっと驚いた表情を見せたぐらいで、いつも通りの彼女だった。

白岩さんはいろんな角度から写真を撮ったけれど、とくに褒めたり称えたりすることはいっさいなく。逆にそれが心地よくて、私はどういう思いでこの絵を描いたのかを彼女の淡々とした質問にすらすらと答えることができたと思う。

どんな記事になるのかはわからない。彼女がどう伝えたいのかも、たぶん私は理解できていない。でもきっと、白岩さんなら読み応えのあるものにしてくれるのだろう。

その記事も、未来に残っていけばいいなとせつに願う。

私もそのとき一緒に写真を撮って、SNSに投稿しておいた。あれこれ文章を書いたりタグをつけたりしようか迷って、やめた。

彼に届くのは、謎めいた一文がいい。

じゃないと彼の好奇心をくすぐったり、興味を引いたりできないから。

彼は今頃、どうしているのだろう。もう幼稚園児の私には会って、自分の世界へ帰っただろうか。七月に降った桜のことを、彼はどうするのだろうか。

どうしたって構わない。本物は咲かなかったから。

でも願わくば、ずっと覚えていて欲しい。

自転車は軽快に進む。真夏の日差しともいえる強い光がアスファルトを照らし、道ばたに生える雑草を光らせる。

いつかアメリカオニアザミを見つけて描こう。

いつか月下美人の花とバオバブの実を食べよう。

そのたびに、私はきっと彼を思い出す。

あらゆる植物を慈しみ、愛したあの指先を、笑顔を思い出す。
いつかきっと、彼は気づいてくれる。
そしてあの桜の木から落ちてきて、はにかんでくれるんだ。
植物園の正門が見えてきた。
彼と出会い、彼と別れた場所。
私は今日も、これからも、草花を、雑草を描く。
いつか彼に届けと願って、記録を残す。
そしてまた出会ったときには、笑顔でその絵を披露しよう。
いつか。
いつかそんな日が、くるといい。
もう二度とこないかもしれないけれど、未来はわからないものだから。
たったひとつを除いて。
植物園からは、すでに蝉の鳴き声が聞こえていた。
自転車を停め、私はあの場所へ向かう。
いつかまた。会える日まで。

七月の、桜降るころ、君とまた。

あとがき

この物語を作りはじめてから一冊の本として世に出すまでに、一年以上かかりました。

その間にプライベートなことでも別れや新たな門立があり……なにより、感染症により暮らしむきや世の中が様変わりしてしまったな、と思います。

ままならないこと、本当はもっとこうしたかったのにと思うこと、たくさんありました。十代、二十代のひとたちが学校行事や学生生活に苦労しているのを見て、今しかないのになと思うこともありました。

時は止まりません。それはやはり、絶対なのだと思います。

必ず明日は来るし、いつのまにか一年は過ぎ去ってしまう。それは誰も止められない、止めてはいけないことなのだと。

だからこそ、今を生きていくしかありません。

そしてそうやって積み重ねられていく過去によって、私たちは形成され、未来に生かされていくのだと思います。

どんなにしんどくても、嫌になっても。正直、たのしい毎日なんてそうそうない気がします。

ならばせめて、すこしでも自分なりにがんばれるように、前を向けるように、自分で決めていくことが大切なのじゃないかな、と思うのです。

誰かのためじゃない、自分のため。

そんな華の物語が、すこしでも心に届いたのなら、私はとてもしあわせです。

この物語を表現するために一緒に歩んでくださった方々、応援してくれた家族、友人に感謝を。

最後まで華と一緒に進んでくれてありがとうございます。またどこかでお会いできればうれしいです。

八谷紬

この物語はフィクションです。実在の人物、団体等とは一切関係がありません。

八谷紬先生へのファンレターのあて先
〒104-0031　東京都中央区京橋1-3-1　八重洲口大栄ビル7F
スターツ出版（株）書籍編集部 気付
八谷紬先生

いつか、君がいなくなってもまた桜降る七月に

2022年6月28日　初版第1刷発行

著　者　八谷紬　

発 行 人　菊地修一
デザイン　カバー　粟村佳苗（ナルティス）
　　　　　フォーマット　西村弘美
発 行 所　スターツ出版株式会社
　　　　　〒104-0031
　　　　　東京都中央区京橋1-3-1　八重洲口大栄ビル7F
　　　　　出版マーケティンググループ　TEL 03-6202-0386
　　　　　（ご注文等に関するお問い合わせ）
　　　　　URL　https://starts-pub.jp/
印 刷 所　大日本印刷株式会社

Printed in Japan

ISBN　978-4-8137-1287-9　C0193

スターツ出版文庫　好評発売中!!

『君はきっとまだ知らない』　汐見夏衛《しおみなつえ》・著

夏休みも終わり新学期を迎えた高１の光夏。六月の“あの日”以来ずっとクラス中に無視され、息を殺しながら学校生活を送っていた。誰からも存在を認められない日々に耐えていたある日、幼馴染の千秋と再会する。失望されたくないと最初は辛い思いを隠そうとするが、彼の優しさに触れるうち、堰を切ったように葛藤を打ち明ける光夏。思い切って前に進もうと決心するが、光夏は衝撃のある真実に気づき…。全ての真実を知ったとき、彼女に優しい光が降り注ぐ――。予想外のラストに号泣必至の感動作。

ISBN978-4-8137-1256-5／定価660円（本体600円+税10%）

『青い風、きみと最後の夏』　水瀬《みなせ》さら・著

中３の夏、バスの事故で大切な仲間を一度に失った夏瑚。事故で生き残ったのは、夏瑚と幼馴染の碧人だけだった。高校生になっても死を受け入れられず保健室登校を続ける夏瑚。そんなある日、事故以来疎遠だった碧人と再会する。「逃げるなよ。俺ももう逃げないから」あの夏から前に進めない夏瑚に、唯一同じ苦しみを知る碧人は手を差し伸べてくれて…。いつしか碧人が特別な存在になっていく。しかし夏瑚には、彼に本当の想いを伝えられないある理由があって――。ラスト、ふたりを救う予想外の奇跡が起こる。

ISBN978-4-8137-1257-2／定価649円（本体590円+税10%）

『今宵、狼神様の契約花嫁が身籠りまして』　三沢《みさわ》ケイ・著

恋愛未経験で、平凡OLの陽茉莉には、唯一あやかしが見えるという特殊能力がある。ある日、妖に襲われたところを完璧エリート上司・礼也に救われる。なんと彼の正体は、オオカミの半妖（のち狼神様）だった!?　礼也は、妖に怯える陽茉莉に「俺の花嫁になって守らせろ」と言い強引に“契約夫婦”となるが…。「怖かったら、一緒に寝てやろうか？」ただの契約夫婦のはずが、過保護に守られる日々。――しかも、満月の夜は、オオカミになるなんて聞いてません！

ISBN978-4-8137-1259-6／定価682円（本体620円+税10%）

『偽りの後宮妃寵愛伝～一途な皇帝と運命の再会～』　皐月《さつき》なおみ・著

孤児として寺で育った紅華。幼いころに寺を訪れた謎の青年・晧月と出会い、ふたりは年に一度の逢瀬を重ね、やがて将来を誓い合う。しかしある日、父親が突然現れ、愛娘の身代わりに後宮入りするよう命じられてしまい…。運命の人との将来を諦めきれぬまま後宮入りすると、皇帝として現れたのは将来を誓った運命の人だった――。身分差の恋から、皇帝と妃としての奇跡の再会に、ふたりは愛を確かめ合うも、呪われた後宮の渦巻く陰謀がふたりを引き裂こうとしていた。ふたりの愛の行く末は!?

ISBN978-4-8137-1258-9／定価671円（本体610円+税10%）

スターツ出版文庫　好評発売中!!

『君のいない世界に、あの日の流星が降る』　いぬじゅん・著

大切な恋人・星弥を亡くし、死んだように生きる月穂。誰にも心配をかけないように悲しみをひとり抱えていた。テレビでは星弥の命日7月7日に彼が楽しみにしていた流星群が降るというニュース。命日が近づく中、夢の中に彼が現れる。夢の中で、月穂は自分の後悔を晴らすように、星弥との思い出をやり直していく。しかし、なぜか過去の出来事が少しずつ夢の中で変化していき…。「流星群は奇跡を運んでくれる」星弥が死ぬ運命を変えられるかもしれない、そう思った月穂は、星弥を救うため、ある行動にでるが——。

ISBN978-4-8137-1241-1／定価682円（本体620円+税10%）

『太陽みたいに輝く君が、永遠の眠りにつくまで』　浅井《あさい》ハル・著

両親の死をきっかけに人と関わることを遠ざけていた高３の染谷悠介。ある日、学校の中庭で眠る女の子に心配して声をかけようとすると、彼女はクラスの人気者の日向佳乃だった——。寝起きの彼女に突然頼まれたのは「私の夢の正体を見つけてほしいの」という唐突すぎるもの。渋々了承し一緒に過ごすうちに、ふたりの距離は縮まっていく。お互いの秘密を打ち明けようとしたとき、彼女が倒れ、余命わずかなことを知り…。さらに彼女の夢にはふたりを結ぶ隠された秘密があった——。消極的な染谷と天真爛漫な日向の純愛物語。

ISBN978-4-8137-1242-8／定価627円（本体570円+税10%）

『鬼の生贄花嫁と甘い契りを二～ふたりを繋ぐ水龍の願い～』　湊 祥《みなとしょう》・著

鬼の若殿・伊吹の花嫁となった凛。伊吹から毎朝人間の匂いを消すために頬へ口づけされ、溺愛され、幸せに包まれていた。家族に虐げられていた日々が嘘のような日常に幸せを感じつつも、働くことが当たり前だった凛は、伊吹に仕事がしたいと願い出る。そして伊吹が探してくれたあやかし界随一の温泉旅館で楽しく仕事を始めるけれど…。幼いころから伊吹を想い猛アタックする絡新婦・糸乃や、凛に恋心を抱く旅館の旦那・瓢の登場でふたりに危機が訪れて⁉　超人気和風あやかしシンデレラストーリー第二弾！

ISBN978-4-8137-1244-2／定価671円（本体610円+税%）

『後宮の生贄妃～呪われた少女が愛を知るまで～』　望月《もちづき》くらげ・著

死を予知できる目を持つ春麗は、家族から忌み嫌われ、虐げられてきた。家に居場所もなく、消えてしまいたいと願う日々。そんなある日、側にいる者は必ず死ぬと噂される皇帝・青藍の妃として、生贄のように入宮が決まる。しかし、恐ろしいはずの彼は、怪我をした春麗を心配し守ってくれて——。春麗にとって、誰かに優しくされるのは生まれて初めてのことだった。“死”の運命に導かれたふたりは、惹かれ合い、不幸な少女はいつしか愛に満たされて…。青藍を苦しめる死の真相を、春麗の目が暴く、シンデレラ後宮ラブストーリー。

ISBN978-4-8137-1243-5／定価671円（本体610円+税10%）

スターツ出版文庫　好評発売中!!

『記憶喪失の君と、君だけを忘れてしまった僕。3～Refrain～』　小鳥居《ことりい》ほたる・著

大切な人を飛行機事故で失い、後悔を抱え苦しんでいた奈雪。隣人の小鳥遊の存在に少しずつ救われていくが、その矢先、彼が事故で記憶喪失になってしまう。それでも側で彼を支える奈雪。しかし、過去の報いのようなある出来事が彼女を襲い、過去にタイムリープする。奈雪はもう一度生き直し、小鳥遊の運命を変えようともがくが…。二度目の世界では華怜という謎の美少女が現れて——。愛する人を幸せにするため、奈雪が選んだ選択とは？全ての意味が繋がるラストに、涙！感動の完結編！

ISBN978-4-8137-1210-7／定価737円（本体670円+税10%）

『君が僕にくれた余命363日』　月瀬《つきせ》まは・著

幼いころから触れた人の余命が見える高２の瑞季。そんな彼は、人との関わりを極力避けていた。ある日、席替えで近くなった成田花純に「よろしく」と無理やり握手させられ、彼女の余命が少ないことが見えてしまう。数日後、彼女と体がぶつかってしまい、再び浮かびあがった数字に瑞季は固まってしまう。なんと最初にぶつかったときより、さらに余命が一年減っていたのだった——。瑞季は問いかけると…彼女からある秘密を明かされる。彼女に生きてほしいと奔走する瑞季と運命に真っすぐ向き合う花純の青春純愛物語。

ISBN978-4-8137-1212-1／定価693円（本体630円+税10%）

『後宮の寵姫は七彩の占師～月心殿の貴妃～』　喜《き》咲《さき》冬《とう》子《こ》・著

不遇の異能占師・翠玉は、後宮を蝕む呪いを解くため、皇帝・明啓と偽装夫婦となり入宮する。翠玉の占いで事件は解決し「俺の本当の妻になってほしい」と、求婚され夫婦に。皇帝としての明啓はクールだけど…翠玉には甘く愛を注ぐ溺愛夫。幸せなはずの翠玉だが、異能一族出身のせいで皇后として認められぬままだった。さらに周囲ではベビーラッシュが起こり、後継者を未だ授かれぬ翠玉は複雑な心境。そんな中、ついに懐妊の兆しが…!? しかし、その矢先、翠玉を脅かす謎の文が届いて——。

ISBN978-4-8137-1211-4／定価693円（本体630円+税10%）

『大正偽恋物語～不本意ですが御曹司の恋人になります～』　小谷《こたに》杏子《きょうこ》・著

時は大正四年。両親を亡くし叔父夫婦に引き取られ、虐げられて育った没落令嬢・御鍵絹香。嫌がらせばかりの毎日に嫌気がさしていた。ある日、絹香は車に轢かれそうなところを偶然居合わせた子爵令息・長丘敦貴に後ろから抱きすくめられ、助けてもらう。敦貴に突然『恋人役にならないか』と提案され、絹香は迷わず受け入れる。期間限定の恋人契約のはずが、文通やデートを重ねるうちにお互い惹かれていく。絹香は偽物の恋人だから好きになってはいけないと葛藤するが、敦貴に「全力で君を守りたい」と言われ愛されて…。

ISBN978-4-8137-1213-8／定価682円（本体620円+税10%）

書店店頭にご希望の本がない場合は、書店にてご注文いただけます。